MW01240971

ESCAPE...

ESCAPE...

Cuando los miedos te roban la vida

Elección: Vida o Miedo

J. HANNA SORALY

Versión Kindle en Amazon. Abril 2021

Biografías & Memorias en Español
Biografías & Memorias en Lenguas Extranjeras
Biografías de Mujeres (Libros y Kindle)
Biografías & Recuerdos Literatura y Ficción en Esp.
Literatura Caribeña y Latinoamericana
Lecturas Cortas de Biografías y Memorias
Letteratura e narrativa in spagnolo

Literatura Caribeña y Latinoamericana

Literatura Caribeña y Latinoamericana
Biografías de Mujeres

Biografie, diari e memorie in spagnolo

Año Edit.: 2021 – Múnich - Alemania
ISBN: 9798738413957
Foto de la portada: Jude de Pexels.com

Youtube J. Hanna Soraly

* Instagram: j.hannasoraly

CONTENIDO

Es el momento...

¡Es hora de escribirlo!

Escanee aquí con una App QR/Código de barras para ver el video de presentación:

https://youtu.be/DorR4LkI4NI

Éste es considerado un libro inteligente porque en su interior contiene determinados códigos QR bidimensionales (así como links), que poseen el potencial de convertir la lectura en una experiencia más interactiva y tridimensional. Todo lo que necesita el lector es un dispositivo móvil para escanear el código y abrir las puertas de un nuevo mundo que trasciende al libro impreso.

¡Espero lo disfrutes!

AGRADECIMIENTOS

Mi profundo agradecimiento va dirigido a las maravillosas personas que he tenido el privilegio de conocer y disfrutar de su amistad y apoyo incondicional, en mis alegrías y tristezas, en mis caídas y en mis triunfos.

A mi familia por estar siempre conmigo, en las buenas y en las malas. A mi madre que con su amor y paciencia está siempre ahí alentándome y la que no cree en las limitaciones sino mas bien en la realización de lo que nos propongamos.

Agradecer al maestro Navarro Lara, quien fuera el detonante para emprender y concretar la ilusión de escribir este libro. Y a todo ese grupo fantástico de personas del Taller de Bestseller, mi familia virtual, con quienes con la constancia, impulso, ánimo y excelente vibra hemos sacado adelante nuestros proyectos.
¡Gracias! A ti por elegir y leer este libro.

El mío es un lenguaje sencillo y claro: "Escribo como hablo".

PRÓLOGO

Gianna abre su corazón contándonos las experiencias que tuvo a partir de cuando dejó su país natal y toda su gran familia. En realidad ella emprendía un viaje de vacaciones por Europa. Sin embargo, se suscitó un cambio radical de planes. De ahí en adelante, nada era como ella habría imaginado hacia su futuro. Constantemente sintió que sus decisiones no eran voluntarias sino una consecuencia de las circunstancias.

El miedo juega protagonismo partiendo del chantaje emocional, una poderosa forma de manipulación cuando Gianna siente que ya no quiere a su pareja. Es inevitable que el sufrimiento y el dolor aparezcan... y con ello una cadena de hechos, algunos lamentables, durante años.

En esta obra, Gianna quiere invitar a aquellas mujeres que estén viviendo una relación similar, a elegir en profunda lucidez y a decirle "no" al miedo irracional y "sí" a la autoestima. La autoestima es la medida en que nos estimamos, nos valoramos y nos queremos.

CAPÍTULO

El VIAJE Y SUS CAMBIOS BRUSCOS

Solo existen dos días en el año en que no se puede hacer nada. Uno se llama ayer y otro, mañana. Por lo tanto, hoy es el día ideal para amar, crecer, hacer y, principalmente, vivir.

Dalai Lama

Sentada ahora en el muelle del lago de Starnberg, en una tarde de invierno y de mucho sol, disfrutando del vuelo de las gaviotas, del aire fresco y de las aguas cristalinas, de esos colores que me fascinan… turquesa, verde y celeste… de pronto se oye el sonido del tren que de vez en cuando pasa, me doy una vez más cuenta de lo maravillosa que es la vida… y me vienen recuerdos de lo feliz que también era cuando estaba en Perú, cuando era la hija de mamá y papá, la mayor, la que normalmente siempre hacía las cosas bien, orgullo de los padres, la chica a veces tímida y muchas otras muy alegre y sociable.

Quién se iba a imaginar el camino de mi vida, las varias veces que empecé de nuevo, en diversos países, los miedos, la ilegalidad, un matrimonio tóxico, la fuga, el rapto, el retorno, las batallas internas y externas de mi cuerpo y de mi mente.

¿Por qué algunos se empeñan en sostener que el destino está prescrito? Si me doy cuenta, que todo está en la decisión de un milisegundo, de un "sí" o un "no", de un mirar o de un ignorar, de ser listo o ingenuo.

La historia comienza en mis tiempos de la universidad en que era una jovencita popular, una chica que cumplía con sus obligaciones y mientras tanto también me gustaba trabajar, aunque mis padres no querían que trabajara, ellos deseaban que sólo me dedicara a estudiar. Pero visto que lo podía balancear, pues no había problema.

El trabajo como Secretaria Ejecutiva en el Banco de la Vivienda a tiempo completo era para mí en ese entonces un hobby, mientras que por la noche llevaba los ciclos universitarios de Ciencias de la Comunicación. Así llegó el noveno ciclo y tenía un viaje pendiente, un viaje regalado. Visto que la universidad entró en receso y el problema tiraba para más de un semestre, decidí hacer uso del ticket aéreo y viajar a Europa.

Así, en enero de 1990, en Lima en pleno verano y en Europa en pleno invierno, me dispuse a preparar mi viaje para un mes. Tenía vacaciones autorizadas del trabajo y aquellas vacaciones forzadas por los contratiempos en la universidad. Nunca en mi vida había viajado tan lejos, a lo mucho uno que otro viaje interprovincial que había hecho y uno que recuerdo hice a Arica, Chile... es lo más lejos que fui cruzando la frontera. Lo curioso de esto, es que yo no sabía lo que era hacer una maleta para un viaje de más o menos un mes por Europa... el recorrido no lo tenía tan claro, sabía que iba a llegar a Suiza donde aterrizaría el avión y que luego me recogerían desde Alemania y que después pasaría por Italia a ver a un par de primas... no todo estaba muy claro, no había un plan estructurado.

Cuando me encontraba en el aeropuerto de Lima, me di cuenta de cuánta gente había ahí despidiéndome. Yo pensaba, ¿pero esto es normal? Está toda mi familia y a lo de toda mi familia no solamente me refiero a mi madre, mi padre y mis tres hermanos, sino también a mi abuelita, mis tíos, primos, algún par de amigas… eran por lo menos 18 personas. Cuando de pronto me di cuenta que mi maleta era súper grande, de dos pisos, más la de equipaje de mano y mi mochila. Eso no parecía un viaje de un mes... en eso mi tío Alfonso, el mayor de todos los hermanos de mi madre, me pregunta:

- ¡Sobrina! Gianna... ¿tú te vas a quedar por Europa? - Lo dijo curioso.

- No, ¡qué va! - le respondí sorprendida.

- Sobrina, tú ya no vuelves - exclamó suavemente, inclinando la cabeza con esa particular sonrisa de hombre sabio que es.

- Tío, ¿qué dice?... Si apenas he terminado el noveno ciclo en la universidad, no me puedo quedar, tengo mi trabajo. Tengo que volver, yo solamente me voy de ¡vacaciones!

- No, tú te quedarás por allá. - dijo.

Pensé que estaba bromeando. Por qué no me advirtieron que él era mi bolita de cristal y me lo estaba prediciendo.

Cuando en eso, mi padre me extiende una conversación privada de apenas unos minutos. Él es una persona muy estricta y me ha cuidado mucho. Mi madre es la tierna de la familia, igual una mujer muy empoderada, muy capaz, muy de sacar adelante a su familia, de carácter y una excelente negociante. Mientras mi padre es sereno, sobrio, riguroso y de cuidarnos.

- Gianna, de ahora en adelante tú eres quien dirige tu vida, quien se cuidará. - dijo mi padre.

Y me hizo una pregunta que para mí fue un poco embarazosa.

- ¿Eres aún virgen? –preguntó, y se le notaba en algo su embarazo.

- ¡Por supuesto que sí! - yo, ruborizada y casi avergonzada.

Sí, con 23 años, yo era aún virgen, ¡increíble! ¿Verdad? y es que en mi tiempo de juventud con todos los novietes, en Perú decimos "enamorado/os", yo nunca había tenido un enamorado con el que durase más de 3 meses. Yo era muy voluble, apenas sentía que me iba a enamorar o que el chico se estaba enamorando, eso era para mí ya motivo de terminar la relación. No sé por qué. Debe ser porque veía a mis primas mayores que yo, o que se habían casado muy pronto o que como madres solteras no habían disfrutado sus vidas. Quizás en mi inconsciente estaba lo que siempre me decía mi abuelita materna: "Disfruta de la vida, deja el matrimonio para el final. Estudia, viaja, conoce el mundo, ¡realízate!" Palabras sabias. ¡Cuánto te extraño mi osita querida!

Y así emprendí este viaje, llegué a Zúrich y de ahí me recogieron y nos fuimos a Kuchen, un pueblo en el estado de Baden-Wurtemberg, donde vivía una supuesta prima, en realidad la sobrina de una tía mía. Estuve ahí dos semanas, fueron dos semanas muy tranquilas con primeras impresiones sobre cómo era Alemania: tranquila, limpia, organizada, con un aire maravilloso, aire puro, caminos largos entre tanta naturaleza. Otro tipo de cultura, de civismo. Ahí tuve mi primer impacto, es decir mi primer accidente que casi me costó la vida. Era un sábado por la noche que nos disponíamos a salir de una discoteca de lo aburrida que estaba, éramos, mi supuesta prima, su esposo y su cuñado. Nos íbamos a otro pueblo en busca de una discoteca más animada o con mejor música.

El caso es que en ese camino, en un cruce de avenidas, nos chocó otro auto y el impacto fue justo en el lado donde yo me ubicaba sentada al lado del conductor, entre la capota y el espejo de fuera. Fue una cosa que por milésimas de segundos no impactó justo en mi puerta, lo que muy probablemente no me hubiera permitido estar aquí para contarlo. Vino la ambulancia, me llevaron de emergencia y yo con los nervios de punta, porque estaba apenas unos días ahí, de turista. La noticia salió incluso en el periódico del pueblo.

Bueno... salí sana y salva, sólo con un tremendo hematoma en la frente, un chichón. Por cierto, que debido a ese accidente, tardé bastante en recuperar la confianza de sentarme delante en un auto.

Después me fui a Múnich (Mónaco de Baviera) y estuve otra semana con amigos recién hechos. Me lo pasé genial, igualmente en una ciudad a mi gusto, con mucho más movimiento. Hice varios amigos, entre ellos alemanes que hablaban perfectamente el español, viví gracias a ellos el mundo fascinante de la universidad y aquellas fiestas y esas cafeterías para estudiantes. ¡Ah! y lo primero que aprendí, típico, fue: "Ein Bier, bitte", "una cerveza, por favor". Maravillosos días ahí con las atenciones, carisma y hospitalidad que poseen.

Ya luego vino la despedida en la estación de tren, muy apenada de dejarlos, ahí estaban mis nuevas amigas alemanas... Stefanie y Bettina, chicas súper lindas, típica fisionomía alemana. Stefanie me regaló su anillo en símbolo a nuestra fresca amistad. Fui a Roma, Italia a visitar a mi prima Zuly.

¡Roma! wowww... no lo podía creer. Me encontraba en la ciudad, quizás más hermosa y antigua del Mundo con tanto lema cultural, esculturas, monumentos y construcciones romanas por doquier. Y luego la visita al Vaticano... mi pecho no podía estar más elevado de tanto suspirar. Con Zuly visité todo lo que había por conocer en ese lapso de dos semanas. Debo admitir que también me impresionó la guapura del hombre italiano, del romano... No me podía creer que un obrero, un vendedor del mercado, un panadero, etc... tuviera la pinta de modelo guapo, de aquellos que solemos ver en las revistas, en los comerciales de cigarros, no me van a negar que suelen ser los más guapos.

De pronto, en una comunicación telefónica con mis padres, me dicen que debo hacer lo posible por quedarme en Italia, que no podía volver a Perú. Yo, estupefacta, no podía creer lo que me estaban diciendo, por Dios... eran mis padres. ¿Cómo me podían pedir algo así? No entendía, me lo explicaron. En Perú había surgido el Fujishock, para controlar la hiperinflación y de pronto, de la noche a la mañana, alcanzaría una tasa de 397%, con un déficit fiscal cada vez más agudo. Una inflación que al menos, nosotros no habíamos vivido.

Yo muy lejos de esa realidad convulsionante, lo único que veía era mi situación. Y me preguntaba...¿Y mi trabajo? ¿Y mis estudios en la universidad? ¿Qué va a ser de todo eso? ¿Qué voy a hacer aquí? Mi madre me dijo que viera de ir estudiando el idioma, de ganarle al tiempo y aprovechar. No sólo existía un problema económico y político en Perú, sino que el terrorismo estaba en su momento de cúspide con bombas por doquier.

Pues bien, qué podía hacer... siendo ilegal y ya no turista. No quedaba más que buscar trabajo de niñera, en Italia se llama "ragazza alla pari". Cuidar niños y vivir con la familia que te hospeda por un intercambio digamos cultural, a cambio de alojamiento y comida y un dinero de bolsillo semanal o mensual. Debo decir que estuve con dos familias italianas muy buenas. En una me querían como una hija y me pagaban además mis comunicaciones con mi familia, lo que no me gustaba de la primera familia, era que la madre del niño al parecer tenía un problema psicológico, cocinaba todo el día, y yo me sentía obligada a comer, de lo contrario se casi molestaba. En esa casa estuve un mes y en ese tiempo subí ¡10 kilos! ¡Qué horror! Era hora de dejarlos, yo no podía continuar así.

Luego tuve suerte de conseguir un trabajo de niñera con una familia digamos solvente, él era Gerente de la IBM en Roma y ella secretaria en alguna empresa, pero tomando descanso médico obligatorio por su estado de gravedad, embarazo avanzado y delicado. Así es que yo me hacía cargo de las dos niñas y era una tarea que me ocupaba sólo desde la mañana hasta las 2 pm. Un trabajo fácil y muy bien remunerado. Aunque ambas familias querían legalizar mi situación en Italia, yo les decía que no era necesario, que apenas se componga la situación en mi país, me iría de inmediato. Yo, muy ingenua, creyendo en que eso no tardaría mucho tiempo.

Disfruté de conocer Roma, Latina, Napoli... vivimos también en el campo en la casa de verano, realmente un privilegio. Tenía amigas recién hechas ahí, Leslie una jovencita menor que yo, hija de una familia de clase media-alta en Lima, mientras Charo mayor que yo, había estudiado enfermería, muy guapa también, de clase media. Ellas también habían llegado por esos meses como yo.

Convivimos y compartimos una habitación en un departamento grande. Cada dormitorio estaba con chicas de diversos países. ¡Realmente multicultural! Fueron días maravillosos, de salir, pasear, conocer chicos, trabajar, de retos, de penas por las nostalgias que teníamos de nuestras familias en Perú. ¿Qué será de ellas? Me encantaría saberlo.

Cumplía ya seis meses de estar en Roma, justo cuando Alemania ganaba el Mundial de fútbol. Cuando ya hastiada de no hacer amigos verdaderos me vi envuelta en un círculo de gente que no era sincera, sobre todo en el caso de los hombres, pues todos tenían la misma idea o propósito en la cabeza, y ese era "llevarte a la cama"... Recuerden que yo era aún virgen, así es que eso estaba más lejos de mis probabilidades.

Recordaba con nostalgia las buenas y sinceras amistades que había hecho en Múnich… y así me vinieron las fuertes ganas de regresar a Alemania… y lo hice. Luego de contactar a aquellas personas que las consideraba ya amigas. Tomé el tren.

CAPÍTULO

LA LUZ Y LA SOMBRA - CONOCER A FLAVIO

En cualquier relación humana en la cual dos personas se conviertan en una, el resultado siempre será dos medias personas.

Dr. Wayne W. Dyer

Bettina, se iba de vacaciones por un mes a Chile, e incondicionalmente me dejaba en su departamento. De inmediato conseguí un trabajo para ayudar en la cocina de un restaurante italiano, bastante "elegantito". Al presentarme, el administrador me dijo que no estaba para la cocina, que trabajaría en el bar, preparando las bebidas.

Perfecto, fui a comprarme ropa adecuada, debo admitir que se me veía muy guapa, de blusa y falda negras con tacones. El mismo día que ingresé a trabajar, conocí a Flavio, un camarero bastante guapo que por casualidad también iniciaba ese mismo día a trabajar ahí. Desde ese momento, nos gustamos y siempre por la noche me llevaba a casa, al departamento de Bettina.

Admito que me cautivaba ese cortejo de él justo antes de que abrieran el local, pues ya sonaba la música italiana... y él siempre la cantaba, me la cantaba. Flavio era un joven, me llevaba seis años más de diferencia, de cabello castaño claro y ojos pardos, contextura delgada, típica nariz italiana, o sea aguileña. Recuerdo que llevaba un bronceado bastante lindo, había vuelto de sus vacaciones en Puglia, su tierra natal. Creo que esas camisas que estaban de moda, bastante anchas, es lo que me hizo creer que era cajón, es decir de gran espalda. Lo digo porque normalmente nunca me han gustado los flacos. Y él lo era.

Así pasaron los meses, ya estábamos de enamorados, yo me hallaba trabajando en otros lugares. Incluso había cambiado ya de domicilio, subarrendé la habitación (aprox. 15 mt²) de una chica peruana que se iba de vacaciones, en un edificio para estudiantes universitarios. Obvio que yo no lo era, yo seguía ilegal.

Un buen día, mejor dicho, un muy mal día de invierno, creo que fue uno de los inviernos más crudos en Alemania, salí sólo a comprar un par de víveres al supermercado. Cuando regresé, ya me habían clausurado la puerta de la habitación. Me habían "tirado dedo"... ¿conocen la expresión? Es cuando alguna persona malintencionada te acusa con alguna otra, en este caso fue con Johann, el cura de dicho edificio para estudiantes de otros países. Pues sí, me hallé de pronto en la misma calle... bueno, en los pasillos, con la ropa que llevaba puesta, sin documento de identidad ni pasaporte, a sólo un mes de vencerse mi pasaje de regreso a Perú, el mismo que iba a cumplir un año de validez. Me quedé sin ropa, sin maleta... sin nada. Había pagado por tres meses adelantados y en el primer mes me pescan.

Esas noches me lo pasé durmiendo en alguna habitación de alguien que se apiadara de mí, en un colchón en el piso. Días en que no sabía dónde iba a dormir esa misma noche. Por suerte existe Caritas, si... tuve que ir al servicio de caridad, me llevó una amiga y volví súper contenta porque me habían abastecido con ropa y zapatos para el invierno. Recuerdo que faltaban dos semanas para las fiestas navideñas.

¡Llegó la Navidad! A pesar de la situación difícil que atravezaba, conocí algunas tradiciones que me eran ajenas y que me gustaron mucho. Tuvimos una cena entre los que vivíamos ahí, incluso con la presencia de uno que otro invitado. Y por supuesto, yo en mi condición clandestina y mi invitado Flavio. Me encantó ese compartir, las mesas llenas con fuentes de comidas de distintas nacionalidades, un buffet internacional. Además unos juegos divertidos como el del "Amigo Secreto", es un juego muy popular en el que participan varias personas que se hacen regalos entre sí sin saber quién ha sido el que ha hecho cada regalo, y que en la Noche Buena saldría al descubierto. Era la primera Navidad fuera de casa, sin mi familia... se siente muy extraño, y más aún cuando al comunicarme con ellos por teléfono no les podía decir nada de las condiciones en que me encontraba, al menos no las cosas tristes. Eso hubiese ocasionado una gran pena y preocupación a mis padres.

Un día me encontraba en la habitación de una amiga y vino Flavio como todos los días a visitarme. Yo, como siempre arreglada, maquillada. Me maquillaba como solía hacerlo en mi país, tampoco era una exageración, pero es parte de nuestra cultura estarlo. Pues esa tarde... empezó a decirme que el maquillaje le ocasionaba alergia al cuello, efectivamente tenía el cuello algo rojizo... desde que lo conocí. Cómo estaría yo ya de boba, que entre broma y broma, me llevó al lavabo y entre risas me lavó el rostro... mi amiga se quedó perpleja... capaz no podía creerlo. Yo en ese momento no me percaté

que realmente esa broma podría ser algo humillante. No lo vi tan grave... ¿saben lo que pensé?...
"me quiere, y no desea que me miren mucho"... creo
que ya había iniciado ese proceso de lavado de
cerebro y yo sin darme cuenta. No, rectifico, me
encontraba ya en la profundidad del lavado de
cerebro.

Otro incidente fue cuando estaba cocinando en ese
edificio estudiantil, la cocina se hallaba en el centro
del piso, a la derecha el pasillo con todas las
habitaciones para mujeres, y a la izquierda el pasillo
para los hombres. Es cuando se asoma Otto un chico
colombiano muy simpático y amiguero y se coloca a
mi costado a ver lo que yo cocinaba... en eso venía
Flavio y en "son" de broma coge un cuchillo y se le
acerca a Otto, como para que se retire, mencionando
alguna broma... y así entre broma y broma, el
colombiano se retiró. Son detalles que no me di
cuenta a tiempo.

A los días, dada las circunstancias, tomó en alquiler
un departamento para ambos, así es que me fui a
vivir con él. Ambos trabajábamos a full time... hasta
que poco a poco sentí que no podía vivir lejos de mi
familia... en un momento de disgusto, quise irme...
y no me dejó hacerlo.

Pasó el tiempo y fui trayendo a mi familia, con la ilusión de que vinieran poco a poco a quedarse, recuerden que la situación en Perú era bastante difícil, mucha gente emigraba a donde podía y en toda moda estaba irse a los Estados Unidos. Primero a mi padre (que había ya sacado su pasaporte de ciudadano británico, ya que su padre había sido inglés), luego a mi hermano Lalo, el que me seguía, el segundo y finalmente a mi hermana Lisa, la tercera de los hijos. Los tres llegaron en el lapso de tres meses, mes tras mes.

En eso sí sentí el apoyo moral de Flavio. Que aunque fui yo quien movió las maneras legales en que vinieran y en lo posible no les faltara nada al estar aquí, ya que yo no quería que sufrieran lo que yo había sufrido con la ilegalidad, la zozobra, la tensión de estar aquí sin papeles...

¡Todo un logro! Mi padre ya trabajaba en hotelería, mi hermano Lalo de 21 años vino con visa de estudiante y mi hermana de apenas 16 añitos, apenas salida del colegio vino como Au Pair. Estudiaban el idioma y trabajaban a la vez, todos ya ubicados. ¡Alemania les gustaba!... un país hermoso, tranquilo, todo bien estructurado, calles limpias, gente respetuosa y amable, con un sistema de transporte fantástico y un país donde se respeta mucho la privacidad de las personas.

Así pasaron los meses, de pronto Flavio tomó el restaurante de su primo, se efectuó el traspaso y trabajamos ahí, al mismo tiempo salí embarazada. Digamos que ser el propietario de un restaurante es el sueño de todo italiano que trabaja en la gastronomía. Y nos lanzamos a asumir un tremendo cambio. Fue entonces cuando esas responsabilidades de cubrir tremendos gastos, más que nada Flavio, fueron haciendo que nuestros días no sean tan placenteros. Se hicieron días tediosos, no teníamos más que un día libre a la semana y era el lunes que cerrabamos el local. Era un trabajo que nos tomaba todo el día. Flavio era un hombre muy trabajador, nunca vi que faltara a trabajar o que por una fiebre dejara de hacerlo.

Mi embarazo no fue precisamente un tiempo del que pude disfrutar. Estaba muy, pero que muy feliz de estar embarazada, pero a la vez tenía momentos de tristeza. Obvio que ya habíamos decidido casarnos, pero tampoco hubo la clásica "pedida de mano".

Mi madre ya había llegado de Perú para visitarnos y para ayudarme con mi bebé. Creo que mis padres tampoco estaban tan felices de cómo se estaban dando las cosas. Seguramente se habían imaginado algo muy diferente para su hijita mayor, creo que ellos también tenían cierta tristeza, porque en el fondo sabían que Flavio no era el tipo de hombre para mí.

Flavio podía ser guapo y muy trabajador, pero aunque no se notaba, no era en realidad un hombre culto, no tenía estudios, más que los de la vida misma. Su familia campesina tenía otras prioridades como el de trabajar sus tierras, es por eso que él y sus hermanos no habían visitado mucho tiempo la escuela. A lo mucho hicieron la primaria. Sin embargo, cada hijo, ya de adulto, tenía por lo menos derecho a dos propiedades o digamos tierras, ese era el legado de los padres. Fue así que Flavio con 17 años había dejado Italia y había trabajado duro en construcción y después en la gastronomía en Múnich.

El departamento lo teníamos exactamente arriba del local, lo cual era muy práctico. Nuestras vidas a partir del restaurante fueron duras, aburridas y monótonas por estar constantemente ahí. Es realmente cierto que es un negocio esclavizador.

Nos casamos por civil, de prisa, es lo único que podíamos hacer en esas condiciones considerando que yo ya estaba en el noveno mes de gestación y que no teníamos ya dinero, pues todo se había ido en la inversión del restaurante. Otro momento triste para mí. Luego de estar en el municipio no hubo gran celebración mas que la de ir a un local asiático y almorzar ahí y después pasamos a nuestro local a tomar algo, un par de copas o un café... lo que apeteciera.

A los pocos días nació mi hermoso hijo Toni, con el peso perfecto, el tamaño perfecto. Fue un embarazo bastante doloroso, me estaba pasando de los días, tal parecía mi hijo no deseaba salir. Tuve contracciones durante 14 horas, fue impresionante, pero durante esas horas había bajado 5 kilos, entre el agua que había perdido y qué sé yo. ¡Ah!, por cierto, en el embarazo había subido ¡23 kilos! ¡Una locura! Hasta los pies me cambiaron de talla de tanta retención de líquido. Pero claro, no todo era agua, había comido bastante más de lo recomendado y teniendo un restaurante ahí abajo, pues solía incluso desayunar una pizza "personal" y ya no les cuento lo que era mi almuerzo y cena. ¡Ah!, y Flavio me consentía con una porción de tiramisú casi diaria.

Disfrutamos nuestro hijo como toda pareja lo hace, era enternecedor tener un bebé tan deseado, el primer nieto y sobrino en mi familia, por lo cual estaban mis hermanos y mis padres pendientes. Reinicié a trabajar, ya que tenía el apoyo de mi madre y mi hermana que vivían muy cerca. Trabajaba por las noches en el correo central, la paga era excelente, eran tres noches por semana y pagaban como si fuera a tiempo completo. Así apoyaba también en el restaurante.

Toni crecía lindo y feliz, sano, juguetón, despierto y muy inteligente. Flavio se mostraba bastante orgulloso de su primogénito y el amor por él le brotaba a piel. Sin embargo, entre nosotros al pasar el tiempo surgían cada vez más nuestros problemas. Yo ya notaba que hasta ese momento había cambiado mucho. Ya no era la joven alegre, radiante, que se arreglaba. Nada de lo que yo hacía le parecía bien.

Tenía ya un círculo de amigas las cuales también tenían hijos en la misma edad de Toni, solíamos salir al parque, ir al zoológico, encontrarnos en nuestras casas y pasar esos momentos con nuestros hijos, mientras que nuestros esposos estaban trabajando. Es así que de pronto se empieza a expresar mal de mis amigas, empezó a tratar de putas a todas.

Que si yo salía al parque a que juegue nuestro hijo con los otros niños, que por qué lo hacía, que si no salía con Toni, que por qué no salía. Cada vez me iba dando cuenta de que me trataba mal, me minimizaba, que sus frustraciones los volcaba hacia mí. Se burlaba de mis aspiraciones y mis logros, por ejemplo laborales. Se burlaba de los estudios universitarios que había hecho en Perú y muchas veces me hacía sentir que no valía.

Mi madre ya se había dado cuenta de eso, es por lo mismo que no le agradaba y lo soportaba porque al fin y al cabo, era mi pareja, mi esposo. Pero sentía que mis padres no estaban felices con mi elección. Mi madre trató de hacerme ver en lo que me había convertido. Hasta que sentí el dolor de verlo yo completamente. De enfrentarme y descubrirme en un matrimonio triste, tóxico; en el cual el hombre no te valora, en el cual solo lloras. Llegó a amenazarme con pegarme, no quería que fuera a trabajar. Si bien no hubo maltrato físico, hubo maltrato psicológico.

Mientras mi madre cuidaba de mi hijo, yo queria ir a trabajar pero tenia miedo que él se diera cuenta. De alguna manera necesitaba algo de independencia económica, para mis gastos, para mis gustos con mi hijo.

Harto él, de que el restaurante no funcionara como se lo esperaba, decidió ponerlo en traspaso-venta para irnos a Italia, a su pueblo Cisternino en Puglia. Èste, lleno de encanto con sus inmaculadas casitas, sus farolas, la decoración floral. Un lugar al cual había ido sólo una vez por unas vacaciones de verano antes de que quedara embarazada. Era un pueblo hermoso, pero al fin y al cabo era un pueblo y yo no me veía en un pueblo, y menos en uno así, donde no hay casi perspectivas laborales. Y al que bien le queda eso de "pueblo chico, infierno grande".

Definitivamente me opuse y él comenzó con sus amenazas, de que se iría igual con Toni, así yo no quiera ir con ellos y de ser así yo nunca más vería a mi hijo. Fue cuando me di cuenta que yo ya no lo amaba, que hacía por lo menos un año que había dejado de quererlo y que sólo había sentido ternura de ver su amor por nuestro hijo.

Comenzó a moverme cada vez más el piso, a llenarme de miedos. Quise el divorcio y nada. Dijo que él jamás se divorciaría. Sabía que iba a salir perdiendo... al menos es lo que él me decía, que al ser yo peruana, jamás me iban a dar la patria potestad de mi hijo. Que él como europeo tenía todas las de ganar. Y le creí.

Fue así que recordé que una vez en una reunión con amistades, refiriéndose a una de mis amigas que era algo gordita, dijo que "el día que yo llegue a pesar 90 kilos como ella, me dejaba"... Esa frase fue el detonante que vi como salida a mi problema... y pensé "¡Bingo!". Mi problema era enfrentarlo y decirle "que lo dejaba, que quería el divorcio". Así es que me agarré de ese comentario suyo.

Aún tenía algo de sobrepeso que quedó del embarazo, pero tenía que lograr subir unos 25 kilos más, esa era como decir, mi meta para que Flavio tomará la decisión de "dejarme" como ya me lo había dicho hace unos tres años. Yo no tenía el coraje de hacerlo, quería que saliera de él.

Pasaron pocos meses y no me costó mucho subir esos kilos demás, se trataba sólo de comer y comer. Y teniendo un restaurante italiano abajo de nuestro departamento, con delicias en pastas, pizzas y Tiramisú, pues el propósito se iba a lograr pronto. Llegué a los 90 kilos y cuál fue mi sorpresa, que a Flavio le daba igual, no me dejó como pensé. Me sentí desconcertada y tuve que armarme de coraje y pensar ya en ir tomando la decisión de abandonarlo. Cosa que implicaba mucho temor.

Al mismo tiempo, Marsella, amiga argentina casada con un italiano que también tenía un restaurante y con quien tenía dos niños y siempre nos frecuentábamos para hacer actividades con nuestros hijos, no hacía más que informarme y ponerme al tanto de los casos de matrimonios en cuyos padres se llevaban a sus hijos, y las madres en estos casos alemanas no lograban más recuperarlos. Estas cosas me asustaban aún más. Una vez incluso me mostró unos titulares de una revista, de ese tipo de prensa que le encanta dar morbo a los lectores con tan malas noticias. Era lógico que eso me pusiera todavía más tensa y se incrementaran mis miedos de perder y nunca mas ver a mi hijo, tal como me lo decía Flavio.

Fue así que contraté los servicios de un abogado argentino y paralelamente una buena amiga, que es trabajadora social y labora en una entidad de ayuda para la mujer migrante, consiguió un mini departamento en un lugar para madres e hijos en problemas. De lo que normalmente hay una lista de espera pero viendo que la situación urgía soluciones inmediatas, ella y la entidad facilitaron que mi hijo y yo obtuviéramos un puesto ahí. Fue todo muy rápido... empaqué mis cosas mientras él estaba en el trabajo, tomé un taxi casi a escondidas y me fui a ese lugar con Toni.

CAPÍTULO

NADA SIN MI HIJO - ABANDONO Y ESCAPE

Dos caminos divergían en el bosque;y yo fui por el menos transitado. Y eso hizo que todo fuera diferente.

Robert Frost

Mi hijo tenía apenas 3 añitos. Ese "hogar para madres y niños" que era un edificio bastante grande y en la primera planta contaba con un nido y también una guardería infantil para los pequeñines, tenía además una inmensa área verde. El lugar era muy lindo y nuestro mini departamento era de los más grandes y espaciosos y estaba ya amueblado. Era lo que necesitábamos y nos bastaba.

Al día siguiente Flavio se enteró de donde estábamos y llegó provocando problemas, hasta tal punto que le habían prohibido el acceso unos tantos metros a la redonda. Fueron días de incertidumbre, días en que nos escondíamos entre los autos para poder llegar de la estación de metro a nuestro nuevo alojamiento. Mis amigas que me acompañaban y me apoyaban sentían igualmente el miedo. Tanta era la presión y las amenazas que nuestro hijo percibía todas esas emociones. Toni había obtenido rápidamente un puesto en el asilo para niños pequeños. Y ese también fue otro cambio brusco para él. Tomó algunos días habituarse.

Un día que regresaba con mi hijo al "hogar", Flavio nos esperaba fuera en el auto... cuando me di cuenta, ya era demasiado tarde. Se acercó a Toni y lo tomó, cuando eso ocurrió justo salía un trabajador social del edificio y lo vio todo... y no pudo hacer otra cosa mas que contenerme y pedirle a Flavio que dejara al niño, que él sabía que no podía hacer eso, ya que de por medio había ya un documento legal que indicaba que nosotros nos mantendríamos mientras tanto ahí hasta que haya un documento que indicara quién se quedaba con la patria potestad. Fue un momento desgarrador, ver que se lo llevaba y quién sabe cuándo volvería a ver a mi hijo... y efectivamente... no me dejaría verlo.

Fui al departamento donde habíamos vivido. Había ya cambiado la cerradura de la puerta. Fui al local, al restaurante y no me dejaba ver a mi hijo. Mi desesperación era tanta que lo amenacé con traer a la policía y denunciarlo por tener gente ilegal en la cocina. Lo sé, decir eso me hizo sentir caer tan bajo, yo que igualmente en mis inicios había vivido la clandestinidad... de alguna manera fue como advertirle que lo que yo pretendía era que la policía viniera.

Llegaron dos patrulleros y sólo constataron que mi hijo estaba bien, pero no podían hacer nada para que yo lo viera. Decían que mientras no se solucionará la tenencia ante el juzgado, lo podía tener él o yo... y la otra parte no podía hacer nada.

Pasaron los días y no me dejaba verlo... y en las noches no podía conciliar el sueño, imaginándome lo peor, lo que siempre me había dicho: que se iría a Italia con Toni y que yo nunca más lo vería.

Mientras tanto el anuncio de la venta del restaurante seguía vigente y era por lo mismo que mi temor se acrecentaba.

Yo no me agotaba de ir y pedir ver a mi hijo. Un día fui con una amiga y mientras ella me esperaba en su auto... finalmente me "dio permiso" para salir con él durante una hora. Fue así que salí con la intención de ir al McDonald's con mi nene. Estando ya en el auto de mi amiga, me volaba la cabeza de entre la emoción y pensar que hacer ya que tenía a mi hijo conmigo. Llamé a mi abogado y le dije lo sucedido.

– Gianna, ¡vete fuera de Múnich! vete a cualquier lugar con tu hijo donde no te pueda encontrar, hasta que yo te avise y vuelves para la fecha del proceso en el juzgado. – dijo mi abogado.

– Me iré donde mi prima, es un pueblo. – se lo dije, con todas las emociones juntas, feliz de tener a mi hijo finalmente conmigo, la del miedo, la confusión, etc.

Y así lo hice, fui al departamento, armé nuevamente maletas, esta vez más ligeras. Y mi padre me ayudó en todo eso.

Nos fuimos diez días a Kuchen a la casa de mi prima, después pasé otros días en otra ciudad hasta que finalmente decidí ir a Suiza, a Ginebra, a la casa de mi mejor amiga, ella ya estaba al corriente de la situación.

Primero recurrí a una amiga casada con un policía alemán para que se cerciorara de que no había una orden de captura en mi contra, porque ya habían pasado como quince días que no estábamos en la ciudad de Múnich. Me confirmó que no había nada y que podía salir libremente del país.

Embarcamos mi padre, Toni y yo... Era un tren directo a Ginebra, de noche y con toda la tensión, fue el viaje emocional más largo de mi vida. No sólo los controladores de tickets son los que van y vienen dentro del tren, sino que en la frontera solían subir policías para ver los documentos de identidad. Yo, muy inquieta y asustada, con el miedo que me invadía. De pronto me vino a la mente una película que hacía un par de años había visto... DejaVù... recordé la vida y fuga que personificaba la actriz Sally Field en "No sin mi hija". Pensé... "Esto no me puede estar pasando a mí"... lo que estaba viviendo tenía mucho de similar, sólo que no en Irán sino en Alemania. No en un contexto social-religioso, pero sí en amedrentamiento de maltrato psicológico.

Pasamos dicho control y ni bien bajaron los policías, di un salto de emoción, me regresó el alma al cuerpo. Ahí empecé a respirar más tranquila. Llegamos a casa de mi amiga Susana, amiga de toda la vida, además abogada que trató de convencerme de hacer las cosas bien, correctamente y esperar el día del juicio. Me mantuve dos semanas en Ginebra, las cuales sirvieron para tranquilizarme, para que mi hijo recobrara su risa y tuviera una vida más normal. Salíamos, íbamos de paseo, pero siempre pendiente de alguna comunicación con mi abogado.

Fue así que decidí viajar a Perú y estar con los míos, con mi madre el tiempo necesario hasta que nos dieran una fecha en el Juzgado de Familia en Alemania.

CAPÍTULO

MI CUARTA VIDA

Tú eliges hacia dónde y tú decides hasta cuándo, porque tu camino es un asunto exclusivamente tuyo.

Jorge Bucay

Perú, familia... ¡cuánta falta me hacían! El único lugar en el mundo donde me podía sentir a salvo, donde sabía que no corría el riesgo de perder a mi hijo. Fueron días en que recuperé mi sonrisa, algo de paz, días en que mi cerebro dejó de sentir el peligro inminente que me acechaba. Días en el calor y amor de mi familia.

Mi ticket aéreo de regreso tenía validez sólo un mes. Y llegaron los últimos días en que después de hablar con mi abogado y decirme que aún no abrían el juzgado, vi que no iba a sentirme segura si regresaba a Alemania. Y... me quedé... nos quedamos.

De este modo pasaron los meses en regular actividad como la de trabajar y mi hijo asistía a la guardería infantil. Días en que dentro de todo eran lindos, porque vivíamos en casa con mi madre, mis tres hermanos y Toni que era el único nieto, sobrino

59

y era tan querido y mimado. En casa estaba el que hasta ese entonces era el bebé de la familia, Bambam, el pequinés que se encargaba también de dar cariño a mi hijo, y era una distracción para él.

Pasaron los meses, así el primer año y luego el segundo. Toni era muy feliz en su guardería infantil, lo llamaban el gringo y la profesora y la auxiliar lo querían mucho, era un niño muy guapo, muy bueno y aplicado. Mis hermanos siempre jugaban con él. Lalo y Lisa, que ya habían vuelto hace mucho de Alemania, e igualmente Sharon, la menor de quince años.

Cierto día en una actividad festiva de la guardería infantil, Toni jugaba con sus amiguitos, y de pronto oigo que les contestaba que él no tenía padre. A lo que me sorprendí, e interrumpí diciendo que sí, que él tiene su padre en Alemania. Y él contestó, que era lo mismo, que igual no lo iba a ver. Eso me removió el pecho y me sentí mal, me dio tristeza... y me invadió el pensamiento: "Dios, ¿qué estoy haciendo?". Para esto, meses atrás, supe del caso de dos compañeras y amigas de mi hermanita Sharon, quienes son mellizas que habían vivido en Alemania, nacidas allá y cuya madre hacía mucho tiempo también había escapado con sus hijas cuando eran así de pequeñas como lo era Toni.

Estas adolescentes ya no tenían recuerdo de su padre. Es entonces que me entraron remordimientos de estar haciendo algo equivocadamente. En realidad siempre los tuve, pero no había tenido otra salida, la idea de perder a mi hijo me mataba el alma. Comencé a indagar, a llamar al teléfono que tenía de Flavio, pero claro, eran los números del restaurante y de la casa. Y si él había ya vendido o traspasado el local como era su intención y fue en la movida que lo dejé...Pues era obvio que ya no disponía de esos números telefónicos. Por suerte todavía conservaba el número de teléfono de su hermana Rita en Italia. La llamé. Estuve muy nerviosa... no sabía cómo me iría a tratar al teléfono y siendo hermana de Flavio tendría el derecho emocional de decirme lo que quisiera. Sin embargo, fue muy atinada con su saludo y respuesta... no me lanzó reproches. Se mostró preocupada y solidaria y sólo quería saber cómo estábamos Toni y yo, si necesitábamos algo, si podía ayudar en sus posibilidades, incluso financieras.

Creo que esa reacción fue que hizo que me sintiera algo tranquila, de alguna manera comprendida.

Puede que fuera, porque Flavio y sus hermanos no tenían precisamente lazos muy estrechos. Son hermanos, pero no se comprenden mucho que digamos. Rita fue el nexo para comunicar con Flavio. Él, al saber ya nuestro paradero, nos llamó por teléfono.

Uno de esos días, conversando por teléfono con él y mientras me preguntaba por Toni cómo se encontraba, cómo estaba y esas cosas... salió el tema de por qué lo había hecho. El me cuestionó eso. Y le dije: "Porque siempre me amenazabas de que no vería a mi hijo si no me iba del todo contigo a Italia. Ese era tu plan! Si yo no iba con ustedes me podría olvidar de Toni".

Cuando le dije eso me responde que no, que eso él nunca lo haría, y me quedé estupefacta. Le cuestioné: - ¿Qué cosa? ¿De qué me estás hablando? ¿Lo dijiste por decir? - Que estupidez más grande – pensé. ¿Cómo puede alguien botar tanta mierda de su boca y luego argumentar que fue solo por decirlo, al aire, palabras vacías, sin intenciones de hacerlo?

Pues nada... Transcurrieron nuestros días con normalidad, yo seguía yendo a trabajar y Toni entró a la guardería infantil. Recuerdo muy bien que trabajaba en turnos, generalmente de noche, para regresar a casa y poder atender a mi hijo, despertarlo, prepararle todo para la guardería infantil, el desayuno y estar preparada para cuándo llegará la movilidad escolar. Yo contaba con el tiempo para dormir mientras mi hijo estaba en la guardería, para preparar el almuerzo, para estar despierta para cuando el regresara sobre las dos de la tarde.

A pesar de estar en casa de mi madre, que tenía mi familia apoyándome, que ha sido siempre un respaldo, yo vivía igualmente desvelada, dormía pocas horas, me sentía como un zombie. Al mes de aquella conversación, bueno en realidad toda la semana se comunicaba con nosotros, pero al mes de aquella conversación de que todo lo que me había dicho no se lo tomaba tan en serio (lo de irse a Italia con el niño) pues resulta que apareció. Llegó al Perú. Supuestamente él tenía miedo a subir a los aviones, el único vuelo que él había hecho en toda su vida era el de la ciudad de donde vivíamos en Múnich hasta el sur de Italia. Ya había contratado un abogado en Perú y tenía, por supuesto, un abogado en Alemania.

Estando él ya en Lima, había quedado en llegar a casa, recuerdo que ese día fue el cumpleaños de mi hijo, estaba toda la familia: mi abuelita, mis hermanos, mis padres. Llegó con dos oficiales de la policía, por si no lo dejaba ver a Toni. Normalmente las puertas en Perú tienen una puerta normal de madera y luego hay una puerta de reja, que generalmente está cerrada y la puerta de madera abierta. Ya normal en Perú desde los tiempos en que la seguridad había cambiado y los robos pues eran más frecuentes. Entonces entró y se arrodilló delante de su hijo a abrazarlo. Hacía tiempo que no la había visto (unos dos años).

Recuerdo muy bien que mi abuelita lo miraba con ternura, muy empática. Se imaginaba lo que habría él sufrido por no ver a su hijo... claro, yo también. Mi abuelita es una persona adorable, una persona con un corazón inmenso, tan generosa, tan amorosa... Creo que eso lo entendió cuando vio a Flavio, que estaba un poco ojeroso y se le notaba una cara un poco más dura (asumo que es por el tiempo que ha sufrido de no ver a su hijo). Estuvo más o menos media hora ahí, luego se fueron los oficiales de policía, se fue Flavio, y continuamos estando en familia. Para mí fue una situación de zozobra, de no saber que iba a pasar, de tensión.

Toni, estaba un poco confundido pero a la vez feliz también de ver a su padre.

Habíamos acordado que nos veríamos el día siguiente para salir con Toni, en esa salida al día siguiente conversando, me dijo que él muy bien podría pagar a cualquier persona 100 € y pedir que me quiten al niño para sacarlo del Perú. Dios mío ¡no, otra vez no, otra vez no! Eso me sonó nuevamente a amenaza, es como decirme: "Sabes muy bien que lo podría hacer si lo quisiera". Y nuevamente me comenzó a mover el piso, nuevamente la inseguridad, nuevamente ese miedo de que realmente pasara. Sentía de nuevo que no podía estar tranquila hasta que Flavio saliese del país. En fin...

Otro día se apareció con una bicicleta para Toni, ya que había sido su cumpleaños y se lo había prometido. Toni estaba muy contento con su bicicleta, salimos a caminar, a pasear un poco, a conversar ya tranquilos. Flavio tenía que regresar a Alemania. En tanto que él ya había dejado la situación aquí en manos de un abogado, solamente esperando a que nos dieran una fecha de juicio para tratar el tema de la patria potestad, la paternidad y esas cosas. Nuevamente seguimos con nuestros ritmos de vida, tanto Toni como yo.

Un buen día se aparecen sin avisar (no recuerdo bien), una delegación de un grupo de alemanes de cinco personas, hombres altos y fuertes... tomaron fotos de cómo vivía Toni en el departamento. Fue en ese momento que me di cuenta de que el gobierno alemán realmente estaba enterado de dónde nos encontrábamos y fue ahí donde comencé asimilar más claramente que todo era un asunto prácticamente internacional. Me enteré de que había estado buscada por la Interpol por el rapto de mi hijo, oficialmente "yo había raptado a mi hijo", y nunca había dado señales hasta el momento en que yo realicé la llamada telefónica con Rita. Esas personas hacían un protocolo de todo lo que veían, de cómo vivía el niño, con quiénes vivían, etc. Tomaron fotos de todo. Fue una situación muy extraña y muy peculiar. Luego se retiraron y al poco tiempo me llegó una notificación con una fecha para ir al Juzgado de Familia.

A Flavio se le notificó y a los pocos meses vino nuevamente. Fuimos a este juzgado, donde el caso lo llevó una mujer, una jueza, y prácticamente fue la primera vez que me sentí protegida legalmente. Él daba argumentos de que no necesitaba pagar manutención porque yo me había ido y por tanto, no tenía por qué pagarlos, pero la jueza muy firme y hasta algo disgustada, le dijo que sí tenía que pagar la manutención. La jueza determinó que Flavio tenía que asignar la manutención de aproximadamente 7 meses, por el equivalente mensual de 300 $. Cosa que hizo, no le quedaba otra. Y después de eso nos fuimos caminando hasta donde estaban nuestros abogados para que se gestionaran ya los papeleos.

Pasaron así algunas tardes, se conversaba con respecto a la situación cómo se iba a hacer y de qué manera se podía solucionar el hecho que nosotros volviéramos a Alemania, ya que también había sacado las cuentas de lo que me iba a representar para mí como madre soltera quedarme en Perú y darle la mejor educación posible a mi hijo. En Alemania donde la educación es gratuita y el seguro médico es impresionantemente bueno, mi hijo tendría todos los beneficios. Pero sobre todo tendría una buena educación, cosa que en Perú es demasiado cara, un colegio de un nivel medio ya salía bastante costoso y no hablemos ni siquiera de colegios tipo colegio italiano o colegio alemán, eso ya hubiera estado muy lejos de mi presupuesto.

Acordamos pues que regresaría a Alemania solo con la condición de que él quitara toda orden de captura en mi contra, cualquier denuncia que hubiera de por medio, cualquier seguimiento, etc. Después de comprobar que estaba siendo buscada por la Interpol, quería tener toda la seguridad del caso.

En el tiempo que Flavio estuvo en Perú, que fueron por lo menos de una a dos semanas, fuimos al Consulado Italiano a hacer gestiones para sacar nuevamente un pasaporte actualizado de Toni. Aún lo recuerda mi hijo, o sea no es que lo recuerde precisamente, sino que se lo comentó su padre; cuando entramos al Consulado Italiano en Lima y él dio los nombres, yo estaba un poco detrás llegando... casi lo detienen porque se dieron cuenta de que el niño estaba siendo buscado por la Interpol. Tuvo que dejar claro que él era el padre que buscaba a su hijo y que ya estaba todo bien. Estuvimos haciendo todas las gestiones para el pasaporte y demás documentos oficiales en los que Flavio tendría que dejar en claro que haría todo lo posible por retirar cualquier orden de captura y/o cualquier sanción en mi contra. Así pasaron los días hasta que regresó a Alemania.

Al cabo de un par de meses pudimos hacer todos los trámites y las compras de pasajes para viajar nuevamente a Alemania por reunificación familiar. Fueron días en los que creo que nunca estuve más devota de Santa Rosa de Lima, la patrona de nuestra ciudad de Lima, cuando me iba a la iglesia y echaba un papelito de deseo en el pozo que allí había. Mi deseo obviamente era que todo marchara bien y que el retorno a Alemania fuera con la seguridad y tranquilidad debida.

Nuevamente fueron días de tensión, de no saber qué cosa depararía el futuro, de tener que empezar una vez más de cero. Estaba por iniciar una quinta fase, porque hay que recordar que la cuarta fue rehacer mi vida en Perú en la que si bien tuve el apoyo de mi familia no significa que fuera sencillo. Ahora estaba dejando mi país para regresar a Alemania en una situación de "reunificación familiar" y nuevamente empezar con el tema de estructura, de trabajo, el colegio de Toni... En definitiva, todo lo que corresponde ya a una persona cuando está oficialmente "de vuelta" en Alemania.

En esos días había visto a mi tío Alfonso ¿recuerdan? Alfonso, mi oráculo, aquel hombre sabio que ya una vez había presagiado que me quedaría en

Europa. Había tenido una conversación con él y me había dicho: "Sobrina, piensa o mira al padre de tu hijo con amor, con ternura, con atención, porque la energía que va envuelta en ésto, llega al corazón de la otra persona". Fue muy bello lo que me dijo y es algo que considero valioso y hoy sé que funciona porque al parecer a mí me funcionó. Realmente no quería estar más inmersa en la angustia, en el miedo y en todos esos pensamientos que lo único que hacen es destruirte y minimizarte.

CAPÍTULO

REUNIFICACIÓN FAMILIAR: EL RETORNO

Todo depende de ti. Tu zona errónea de miedo a lo desconocido está esperando ser reemplazada por nuevas actividades estimulantes y llenas de interés que aportarán placer a tu vida. No tienes que saber hacia dónde vas, lo importante es estar en camino.

Dr.Wayne W. Dyer

Me encontraba en el vuelo y estaba súper tensa, no sabía lo que podría pasar, me seguía inundando el miedo, el temor de pensar qué sucederá cuando aterrice el avión ¿Estará la policía? ¿Me llevarán presa? ¿Qué pasará? ¿Perderé a mi hijo? No me quedaba más que confiar que las cosas marcharían tal y como Flavio me prometió que lo harían, porque él ya había quitado todo tipo de denuncia en mi contra. Bueno, paso todo, todo ese miedo, todo ese susto que me carcomía la cabeza y que me angustiaba. ¡Pasó! Nos fuimos a casa de Flavio y así poco a poco fuimos teniendo una vida, de alguna manera, cotidiana. Toni ingresó a la guardería infantil, era octubre de 1998.

Trabajé en la cocina de un hospital, fue increíble, jamás me lo imaginé. El trabajo incluso me lo consiguió la novia que Flavio tenía en ese entonces, ella era doctora y trabajaba ahí. Me ayudó con eso y no sé si considerarlo humillante o que fuera suerte haber conseguido un puesto de trabajo, pero bueno... Habíamos pasado casi dos años y medio en Perú y mi alemán no era demasiado bueno, ya que en el tiempo que yo estuve viviendo aquí sólo mantuve contacto constante o bien con latinos o con la familia de Flavio, que es italiana, y muy poco con el idioma alemán.

La situación funcionaba así: Digamos que yo vivía durante la semana en casa de Flavio, me quedaba las noches, como quien dice haciendo guardia, hasta que él llegara del trabajo. Él era camarero en un restaurante. Yo dormía en la cama grande con mi hijo y cuando su papá llegaba, como a medianoche, yo me iba al dormitorio de Toni a seguir durmiendo, en la cama más pequeña. Ya para ese entonces yo tenía un mini departamento o estudio en un lugar bastante céntrico de la ciudad. Es como el tipo estudio que tienen los universitarios (que por cierto, estaba muy cerca de la Universidad), de apenas 15 metros cuadrados y ubicado en una zona muy linda.

Se me pasaba el tiempo, de manera rutinaria, en casa de Flavio, que quedaba como a media hora fuera de la ciudad; y los fines de semana desde el viernes por la tarde hasta el domingo en la noche, Toni se quedaba conmigo en mi mini departamento. Toni ya había pasado del jardín de infancia a la primaria del colegio. Siempre hacíamos actividades, y los domingos en la noche venía Flavio a recoger a Toni porque al día siguiente había que ir al colegio que quedaba en esa ciudad, fuera de la zona céntrica.

Al año cambié de departamento, el que conseguí estaba muy bien, de 60 metros cuadrados, en esta misma zona bohemia, un distrito bello, bonito y central. Había muchas tiendas, restaurantes, cines... Todo lo que tiene que suceder en la ciudad, sucede aquí. Incluso, cuando vino el Papa pasó por aquí, desde el balcón de mi casa se podía ver todo. Cuando gana el FC Bayern pasa por aquí, cuando hay el Corso de Harleys, pasan por aquí... Había un día exclusivo para los patinadores, que también pasaban por aquí, e incluso las fiestas de verano o de la primavera también se realizan en esta misma avenida.

Algunas noches me quedaba dormida sin sentir que Flavio llegaba del trabajo, normalmente me despertaba justo antes para luego irme al otro dormitorio y continuar durmiendo. Una noche por lo visto me quedé dormida, me desperté muy abruptamente y me dí con la sorpresa de que me estaba tocando y me sentí asquerosa y sentí tan feo..., que lloré y lloré, me fui al dormitorio y no paraba de llorar. Es ahí cuando Flavio viene y se disculpa, pero a su vez no entendía mi reacción; y me dice que cree que a mí me ha tenido que haber pasado algo de niña. Conmigo no pasó nada de niña, a mi me cuidaron mucho mis padres, lo único es, que lamentablemente en mi país el acoso sexual es muy común en el transporte público. He sufrido ese acoso por parte de enfermos que no hacen otra cosa más que colocarse detrás de una joven para sobarse, y de paso tocarle los pechos. Son cosas que a mí siempre me han dejado en estado de shock por no saber como reaccionar.

Al llegar a Alemania sentí una gran liberación y tranquilidad. Ya podía caminar por las calles sin que nadie me mirara haciéndome sentir incómoda, sin temor a que me rozaran, a que me bajaran el top o me metieran la mano en el trasero. Todo eso quedó atrás.

Después de este incidente con Flavio, me sentí tan asqueada, que lo único que hice fue, que al día siguiente, aparte de dormir súper mal, me fuera de esa casa y me mudara definitivamente al nuevo departamento que ya había adquirido. Este departamento ya lo había estado medio usando durante los últimos tres meses, digo medio usando porque lo ocupaba solo los fines de semana cuando nos veníamos con Toni aquí. Me tocó organizarme de otra manera, terminar el trabajo, recoger a mi hijo de la escuela, pasar un tiempo con él en casa de su padre y luego regresar de nuevo a mi departamento. Había noches que realmente eran asquerosas para mí, no podía dormir porque sentía esa mano y había noches en las que lo llamaba, incluso a las tres de la madrugada, histérica, llorando, yo ya no podía más; le reprochaba con rabia que por su culpa yo no lograba conciliar el sueño.

Para algunas personas esto puede parecer absurdo y hasta estúpido. Se lo comenté a mi mejor amiga y su respuesta me sorprendió, para ella era como que... "Bueno ¿qué podía haber pasado? Hubieses tenido relaciones con él y no pasa nada". Pero cuando ya no se siente atracción por una persona, cuando el amor y el cariño ya no es mutuo y no tienes ningún vínculo con esa persona, mas que el hecho de que sea el padre tu hijo, es evidente que no quieres que esa persona te toque, por lo menos en mi caso. Es por ello que yo me sentía asqueada y tomé una vez más la decisión que ya había tomado una vez hace mucho tiempo: comencé a comer, y a comer, y a comer... Se convirtió nuevamente en mi meta: subir de peso para que Flavio no me molestara ni me mirara. Que sintiera repugnancia por mí.

Yo me preguntaba: cuán horrible y traumático debe ser para las mujeres que sufren acoso sexual e incluso violación. Si yo me sentí tan frágil, tan mal, tan asquerosa y repugnante con que solo haber sido "tocada"... Pero bueno, con el tiempo logré mi objetivo de subir de peso. Quería subir tanto de peso, que poco a poco dejé de salir, de frecuentar mis amistades. Me sentía incómoda si iba a alguna reunión o a una fiesta, porque el sobrepeso ya era algo que me estaba molestando y me generaba una inseguridad que ya no me permitía disfrutar de mis salidas.

En las reuniones, hacía acto de presencia de una hora, y luego desaparecía. Y así evitaba que argumentos como: "no, quédate no te vayas, espérame que nos quedamos un ratito más y nos vamos juntas"... me convencieran a quedarme. A mí no me interesaba irme junto con nadie ni con ninguna de mis amigas, simplemente agarraba mi taxi y me marchaba a casa. Yo ya había cumplido con asistir al cumpleaños de alguna amiga o algún amigo, o algún otro tipo de reunión.

En ese tiempo debo decir que también había empezado a fumar, fumaba demasiado, y también empezó mi presencia asidua en los chats de noche, chateaba mucho. Fumaba y fumaba... Yo creo que en una sola noche llegaba a fumar una cajetilla entera, que contiene unos 20 cigarrillos. Una cajetilla por noche delante del monitor, un chat con mucha gente de diferentes países, y como era por videoconferencia y todos nos podíamos ver, la mayoría fumaba. Era mi única diversión, porque salir con las amigas o a reuniones o a fiestas o a cenas eran actividades que no me llenaban, no me hacían feliz. En cambio, estar detrás de una pantalla, en un chat sí me llenaba en ese momento. Nuestras interacciones eran muy variadas: teníamos conversaciones divertidas, jugábamos al Scrabble, al billar, al Parchis, etc.

Después de renunciar al trabajo en la cocina de ese hospital, que quedaba fuera de la ciudad y muy cerca de la casa de Flavio, empecé a trabajar en una zona más céntrica, muy cerca de mi nuevo departamento y ya no se me hacía difícil movilizarme. Incluso tuve la suerte de conocer a una señora que fue prácticamente un ángel para mí y quien al mismo tiempo era quien me había alquilado el departamento.

Así mismo el Ministerio de Trabajo me concedió un estudio: Administración de Empresas. Tenía la ventaja de que en Perú había estudiado Ciencias de la Comunicación y había trabajado en bancos. Todo ello facilitaba el hecho de poder desarrollarme en un campo laboral de acuerdo con lo que era mi currículum vitae. Gracias a Dios, el estado alemán solventó ese estudio. Era un estudio intensivo, y paralelamente yo estaba luchando por la posibilidad de que Toni, mi hijo, viniera a vivir conmigo. Flavio decía que no y de alguna manera chantajeaba emocionalmente a su hijo, argumentando de que si yo lo había tenido todo ese tiempo en Perú (dos años y medio) no era justo de que Toni quisiera mudarse conmigo y no con él. Para nuestro hijo era doloroso decidir abiertamente, expresarse... pero yo sentía que él quería venirse conmigo.

Felizmente durante ese tiempo la presencia de mi madre aquí, fue de bastante apoyo, porque me sentía muy mal por el hecho de no poder tener a mi hijo conmigo Me sentía como mala madre al dejar que mi hijo se quedara con su padre, porque no era el típico esquema de familias separadas en las que la madre suele quedarse con los hijos. Me veía sola en este departamento sin poder cuidar de Toni. Una sensación de nido vacío.

Toni seguía su rutina de estudio, cursando la primaria en aquella localidad junto a su padre. Dentro de la semana estaba con él y los fines de semana conmigo. Flavio se encargaba de traérmelo los viernes después de la escuela, y de recogerlo los domingos por la noche. Yo seguía en mi lucha de tener a Toni conmigo, incluso llegué a inscribirlo en el colegio que está a 100 metros de mi casa... y nada, Flavio no daba su brazo a torcer. Aunque debo admitir que en cierta forma, sentía que no me lo merecía porque había cometido el acto tan doloroso y erróneo de haberme llevado a mi hijo, de haberme fugado con él. Y así, de alguna manera, me resignaba pensando: "tú ya procediste equivocadamente, te escapaste con el niño, ahora deja que esté con su padre. Ya lo verás todos los fines de semana".

Pero yo sufría, y mi madre me veía sufrir y llorar. Y me dijo: "Gianna, déjalo así, concéntrate en tí, concéntrate ahora en tus estudios, en esta posibilidad que te está dando el Ministerio. Estudia y enfocate en eso. Si tú logras una estabilidad laboral y eres feliz, tu hijo también va a ser feliz y vas a poder lograr mejores cosas con tu hijo". Flavio, en ese entonces, para que no tuviera yo a mi hijo, fue capaz incluso de dejar de trabajar para dedicarse por completo al niño. Claro, si él accedía a que nuestro hijo se quedara conmigo, él tendría oficialmente que pagar manutención, y eso es algo que a él no le cabía en la cabeza.

Me dediqué a estudiar, me centré de lleno en los estudios a tiempo completo y en las noches me iba a trabajar, en cachuelos (minijobs, cómo se dice aquí), para poder pagar mis salidas de fin de semana con mi hijo, para darnos nuestros gustos, como irnos al cine, irnos al bowling, dar paseos...

El estudio me gustaba mucho, conocí a mucha gente de diferentes países, mujeres y hombres, era fantástico. Tuvimos nuevas experiencias, incluso nos fuimos a Francia para hacer un seminario de dos semanas auspiciado por la Cámara de Comercio de Quimper, y así mantuve mi mente ocupada. A la par tenía un mini trabajo (minijob) y digamos que gozaba de mantenerme en una situación paralela, trabajando y estudiando, y disfrutando con mi hijo de los fines de semana. Me sentía de alguna manera realizada. A pesar del dolor que me producía el no tener a Toni permanentemente conmigo. Yo sabía que él se encontraba bien con su padre, de eso no cabía duda, pero como madre aún me afectaba.

Con el tiempo surgieron otras dos oportunidades de que mi hijo se mudara conmigo, las que nuevamente me llevaron a inscribirlo en el colegio cercano a mi casa, pero desafortunadamente, ambas veces no resultaron. Todo era un vaivén con el padre de Toni, quien al final siempre decía que no aceptaría que él viniera conmigo.

Mi hijo no se sentía comprendido por su padre. Creo que por el hecho de que Flavio no había tenido una educación en Italia (solamente visitó la escuela hasta los 9 años de edad), se enfocó en querer darle de todo a su hijo, pero lamentablemente con esto solo terminó saturándolo. Al terminar su día de escuela y luego de estar unas horas en el Hort (guardería para niños y adolescentes), su plan horario consistía en clases de Taekwondo dos veces por semana, otras dos entrenamiento de fútbol, los viernes clases de guitarra y los sábados había torneo o simplemente jugaba fútbol. Mi hijo acababa totalmente desbordado, no tenía realmente una infancia tranquila, relajada, que le permitiera salir a jugar con los amigos del barrio. Eso ocurría muy pocas veces.

Y así pasaron los meses.

CAPÍTULO

FELIZMENTE DIVORCIADA

El destino no es cuestión de suerte, sino de elección. No es algo que desear sino que alcanzar.

William J. Bryan

Le voy a dedicar un pequeño espacio a este tremendo acontecimiento.

Me encontraba estudiando Administración de Empresas con Cualificación Europea en la Escuela de Negocios en Múnich. Fueron dos años full intensivos, bastante fuertes y con quince cursos más dos cursos de idiomas (inglés y francés)... no sé ni cómo logré terminar considerando lo difícil que se me hacían con el idioma alemán, un idioma que no dominaba y encima como si fuera poco, con temas de economía, cosa que a mí realmente nunca antes me habían interesado. Hice unas prácticas y trabajé en una empresa en las que se me daban muy bien las comunicaciones con las distribuidoras en los países que estaban bajo mi cartera de clientes, y estos eran justo los países cuyo idioma dominaba: España, Portugal, Italia y Suiza (cantón italiano). En vista que mis jefes estaban más que satisfechos con mi trabajo, el jefe directo de exportaciones y el dueño de la empresa, me otorgaron autonomía

87

laboral, es decir, flexibilidad de horarios, libertad en la toma de decisiones sobre cómo ejecutar mis tareas y la autogestión del tiempo.

Toda la dinámica del trabajo me encantaba, uno que otro viaje de negocios, asistir a las ferias de tecnología y de paso me relacionaba. Esto era mi rutina de lunes a viernes, consagrada al estudio y al trabajo, y los fines de semana disfrutando con mi hijo de nuestras actividades, hasta que un día me hizo saber que él prefería por lo menos un día de "ocio", de simplemente no hacer "nada" más que quedarnos en casa gozando de la tranquilidad. A mí me pareció raro, hasta ese momento no me había percatado que yo también estaba saturando a mi hijo, pero lo entendí y así lo hicimos. Disfrutamos los domingos sin hacer otra cosa más que ver películas, relax, jugar, o simplemente nada, en santa paz. A él le encantaba que mientras apoyaba su cabeza en mi regazo y veíamos alguna de sus series, yo le acariciara el cabello, su masajito capilar.

Regresando al nombre de este capítulo. Como Flavio ya en varias ocasiones había sido firme en que él nunca se divorciaría, es así que tomé la determinación de iniciar la demanda de divorcio para que el proceso se fuera encaminando, hasta que un buen día se nos notificó de la fecha de la sentencia del mismo. Recuerdo que ese día yo tenía clases y le pedí a Carolina, mi compañera de estudios y amiga, también peruana, también divorciada de un italiano, que me acompañara. Yo necesitaba respaldo presencial y emocional.

Entramos a la sala en que nos tocaba, y aunque estaba acompañada, de todos modos se sentía algo de tensión, probablemente era sólo mi percepción. Luego ya de firmar, el juez nos pregunta si estábamos seguros de la decisión... yo muy confusa de no saber si había escuchado bien, puse cara de no haberlo entendido... cuando me lo volvieron a decir... solté un: "¡Caramba, por supuesto!" a viva voz, y todos rieron de mi locuaz respuesta y seguramente de mi expresión facial... Soy muy expresiva.

Salimos y se sentía maravilloso, fantástico, era como haber logrado soltar el ancla, me sentí plenamente liberada. ¡Era simplemente impresionante! Finalmente estaba divorciada, ¡wow! No tienen idea de cuánto tiempo tardó esa disolución legal del matrimonio. Inmediatamente después fui a celebrar con mi amiga con un brindis. Créanme que lo celebré más que mi matrimonio, hablo de la sensación de euforia.

¡Divorciada! Algunas veces respondía a la pregunta con eso: -"Soy divorciada"- y lo que me di cuenta es que algunos me respondían con un: -"Lo siento" y me ponían una cara, que yo no sabía si les estaba dando pena en ese momento. ¡Madre mía! No saben lo bien que se siente, el triunfo que significaba serlo. Les aclaraba de inmediato que estaba muy bien, que no hay nada como salir victoriosa de un matrimonio conflictivo y que era lo mejor que me estaba pasando. Tanto fue así que por convicción y orgullo, al enviar mi curriculum vitae a un par de empresas, coloqué en Estado Civil: ¡felizmente divorciada! Y cuando me llamaron y concertaron una cita de entrevista para el puesto de trabajo, se sinceraron que tenían curiosidad de ver quién había escrito eso en su CV. Sentí como que había ganado otro round más.

Sé que un divorcio suele ser una experiencia desagradable para las partes afectadas. Pero muchas veces no es vivida de la misma manera por cada una de las partes. Para algunos, el divorcio puede ser la liberación de una vida en la que no se está feliz o conforme. Para otros, puede ser que represente duelo, pérdida e incluso culpa. Pero en cualquiera de los casos, jamás lo consideraré un fracaso.

Aún con ese maravilloso triunfo y estar culminando mis estudios, sentía que me faltaba mi hijo. Yo sabía que él no era del todo feliz en casa de su padre, sentía mucha presión… y yo sin poder hacer mucho por tenerlo del todo conmigo. Así mismo, me refugié aún más en el chat de habla hispana por las noches, de pronto ese se había convertido en mi círculo social.

¿Recuerdan que fumaba demasiado mientras chateaba? Pues el vicio era fuerte, lo curioso es que sólo podía fumar de noche/madrugada… durante el día me daba asco. Intenté muchas veces dejarlo y así pasaron un par de meses de intentos de abstinencia de cigarrillos y eso provocaba que subiera más y más de peso. Volvía al vicio, lo dejaba, y nuevamente subía de peso. Hasta que una noche en mi cama tuve un ataque de tos tipo asmática que me asustó tanto que sentí que me iba a morir ahogada.

CAPÍTULO

EL PESO DE MIS ENFERMEDADES

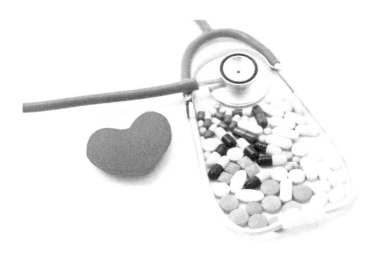

Si nosotros los médicos arrojáramos al mar todas nuestras medicinas, muchomejor para nuestros pacientes y mucho peor para los peces.

Dr. Oliver Wendell Holmes

Como me lo había propuesto, es como lo estaba nuevamente logrando. Ya una vez antes de fugarnos de Alemania había logrado pesar 90 kilos, luego como lo mencioné, los logré bajar en Perú con un tratamiento personalizado. Pues esta vez se complicó con todo un poco más... subía y subía de peso, entre que acrecentaban los kilos, mi diagnóstico fue de diabetes tipo 2. ¡Vaya shock! Había logrado no solamente subir de peso sino también enfermarme y con una de las enfermedades más populares en este mundo, la enfermedad metabólica crónica.

Entre vaivenes de uno y otro kilo logré alcanzar los 120 kilos. Sí, 120 kilos para una estatura de 158 cm. Inicialmente antes de llegar a Alemania, la primera vez, yo recuerdo que medía un tantito más, 160 cm, pero evidentemente con el sobrepeso me había reducido y me estaba achicando o capaz también era por el tiempo y la edad. Se dice que a cuanta más edad se va perdiendo estatura, es decir que las personas suelen perder alrededor de media pulgada (casi 1 centímetro) cada diez años, después de los 40. No sé cuál era mi caso, yo aún no tenía 40 años, pero muy probablemente era el sobrepeso.

Simultáneamente mis estados anímicos y tristezas iban aumentando. Es así que era evidente que había caído en la depresión. No contestaba el teléfono, las cartas, las facturas se quedaban ahí sin abrir... no tenía el coraje para enfrentarlas. Esa fue una etapa bastante difícil, en la que sientes que si pasa algo negativo lo va a seguir definitivamente una cadena de cosas negativas... y así sucedió.

Así estaba mi predisposición. Muchas veces el teléfono sonaba y sonaba, yo no contestaba y ni siquiera me asomaba. Era mi familia, mi padre o incluso la dueña del edificio, una señora que como yo ya había descrito antes, la sentía como mi ángel. Fue ella la que me dio algunos consejos para dejar de aislarme.

Un día conversando con mi madre al teléfono, ella me diagnosticaba "depresiva", por supuesto que lo hizo con mucha sutileza, cariño y amor. Mi madre ya había tenido un historial médico, digamos también depresivo, a partir de que cada uno de nosotros fuera emigrando de Perú, yo fui la primera.

Es así que me atreví a ir a una charla de un centro de salud que contaba con más o menos siete sesiones. Un encuentro para saber sobre la depresión, cómo tratarla y cómo llevarla. Acudí frecuentemente, las siete veces, pero mi sorpresa era tal que las personas que yo veía, alrededor de 15, se veían tan normales, entre ellos había médicos, abogados, etc. Personas con diferentes profesiones e incluso personas que vestían con colores alegres. Jamás me hubiese imaginado que sufriesen de depresión. Yo pensaba que la depresión se exteriorizaba con una imagen gris, que se notaba realmente la imagen triste de una persona parca o seca o poco comunicativa, sin embargo mi sorpresa fue tal, que yo me decía "No puedo creer que estas personas sean depresivas". Cada una iba dando su testimonio, y muchas, casi todas habían estado en tratamientos psiquiátricos sea ambulatorio u hospitalizado. Yo no podía creerlo, fue cuando entonces acepté mi realidad y me dije: "Ya, ok, tengo depresión". Fue ahí que lo asumí viendo el cuadro de todas las otras personas, empecé el tratamiento también para la depresión.

Por primera vez le pedí a mi médico de cabecera que me derivara al psicólogo. El procedimiento es que primero se va a un neurólogo y éste da la medicación. A partir de ese entonces tomaba Citalopram 40 mg añadido al Metformin de 1000 mg que ya tomaba mañana y noche para la diabetes.

Ya me había sometido a diversas dietas... qué dietas no habré hecho!... Aquellas que salen en los magazines femeninos, de salud, incluso un tratamiento a base de shakes. También me inscribí y acudí a cursos del seguro médico, tales como yoga, gimnasia, natación, etc. Lo curioso es que no lograba reducir los kilos. Después tuve conocimiento de que al consumir esos dos medicamentos, aquella combinación difícilmente me permitiría bajar de peso. Era como crear un conflicto en el organismo.

Efectivamente el Citalopram me ayudó a obtener un equilibrio emocional. Mucha gente no creía que yo sufriera de depresión. Yo con esos temas de la medicación he sido muy transparente, es decir, para mí no era un tema tabú. Así conocí gente con la que hablaba y también me sorprendí de que hubieran muchos en esta sociedad, en Alemania, que toman antidepresivos. En mi caso yo tomaba sólo uno, pero resulta que una amiga tomaba ¡¡¡tres!!!

Una noche de mi cumpleaños, al momento en que van quedando muy pocas personas, los amigos latinos, tocábamos temas diversos, cada vez más personales y así llegamos al tema de la depresión. Resulta que uno de ellos, el más alegre, vivaz, súper lindo y carismático, había pasado por un período así de tristeza, de que a pesar de estar casado sentía soledad, nostalgia por nuestra cultura, por nuestro país. No me hubiese imaginado por nada del mundo, de que él pasara por algo similar... nos comentó que había incluso tenido pensamientos raros, que una vez en el balcón sentía la necesidad de tirarse. Me conmovió mucho. Pensé... ¡Wow! ¡No soy la única! Es una sensación como que dejas de sentirte sola... no me mal entiendan... no es que me reconfortase que hubieran más personas que estaban atravesando por casi lo mismo, sino que me sentía como parte de algo, y me tranquilizó saber que él lo había superado... y eso me hacía feliz y optimista.

Sabía muy bien que eso del sobrepeso había sido hasta ahora una barrera, un mecanismo de defensa, una reacción al rechazo que yo sentía por mi ex. Esta vez mi propósito era simplemente no ser atractiva, de que no me vea como mujer. Ya no sé qué más quería lograr con eso.

Pero cuál era el trasfondo realmente... ¿Cómo puede alguien hacerse tanto daño? ¿Cómo puede alguien aumentar tremendamente de peso? Por no asumir la responsabilidad de decidir... ¿Es ésto también un escape? ¿Un escape de la realidad, un escape de tomar decisiones, un escape de afrontar, un escape a ser fuerte o a la vez es victimizarse? Recuerdo que en ese entonces, cada vez que conocía alguna persona, de pronto llegábamos al punto y muy rápidamente de hablar de mi situación, le contaba todo lo que había pasado y yo no sé por qué asumía tan bien ese rol de víctima. A veces me pongo a pensar qué latosa debo haber sido, ¿verdad? De pronto que conozco una persona y de nada, termina enterándose de mis cosas, así fácilmente, rápido. Y es que creo que tenía mi rol de víctima bastante asumido. Tenía mi carácter débil, no lo sé.

Empecé, cada semana por medio año consecutivo, a ir a las charlas, del programa Optifast en una clínica para gente obesa. Consistía en tomar sólo shakes, batidos con proteínas y todo lo que el cuerpo necesita, tres veces al día. Asistía a los cursos de natación, nos pesábamos ahí cada semana para ver los resultados y muchos obtenían buenos logros, en mí solo logré bajar 11 kilos. También estuve inscrita en Weight Watchers, que te promete un plan para comer sano y disfrutar de tu vida sin tener que castigarte con prohibiciones. También da muy buenos resultados, pero claro si no hace "click" en la cabeza es dificultoso ser consecuente.

Incluso estuve con tres psicólogos de terapia del comportamiento. El objetivo principal de esta terapia es aliviar el sufrimiento a través de la reducción y eliminación de comportamientos explícitos y de estados emocionales que son desa-daptativos, es decir ayudarme a desarrollar un comportamiento cambiando el sistema de refor-zamiento en mi mente. El primero fue con una alemana que habla español y recuerdo muy bien que cada vez que terminaba esa sesión, yo salía con la garganta hinchada, fastidiada, con un dolor como si hubiera llorado tanto. Y era porque, el hecho simplemente de contarle las cosas y revivirlas me sentaba mal, tenía esa sensación tan desagradable y salía exhausta... siempre salía mal de esas sesiones.

Siempre he considerado que hablar de ese tipo de cosas que tienen que ver con la emociones, es importante hacerlo en tu idioma natal, donde sabes cómo expresar tus sentimientos. Y aunque ella habla español yo siempre me sentí saturada, como que no tenía realmente ganas de ir, siempre salía peor. Creo

101

que es muy primordial tener un feeling con las personas que te van a tratar, sea médico, terapeuta, psicólogo, peluquera, masajista, cosmetóloga...Y sobre todo, tratándose de alguien a quien le vas a confesar casi todo lo que te perturba, quien te va a ayudar a traer a la conciencia lo reprimido, lo que ha permanecido quizás en el olvido, en el inconsciente, y que supuestamente te va a liberar de ese peso que te frusta... Está claro que tiene que ser una persona de nuestro agrado.

Así cambié de psicóloga y conseguí a alguien muy cerca de mi casa, una alemana, obvio que todo sería en alemán. Fue la primera vez que sentí que alguien era algo idónea para mí. Es la impresión que me dio. Estuve más de un año con ella. Podía hablarle de muchas cosas, pero a su vez, yo tenía muy claro, que por el hecho de que perteneciéramos a culturas diferentes, había cosas que no iba a comprender del todo, como por ejemplo: algunas emociones en relación a nuestros apegos con nuestra familia. Porque por más que vivamos a miles de kilómetros de distancia, jamás vamos a dejar de estar en una comunicación estrecha y jamás nos vamos a desentender con lo que puedan estar pasando, sea por la salud, por el aspecto financiero, etc. Bueno, seguramente hay algunas excepciones.

Yo realmente iba por una cosa, por el tema de la gordura, para ver cómo lograba un equilibrio y capaz desenredar alguna emoción... y me sale de pronto presentando toda una área de construcción y resulta de que hay muchos temas por sanar, así como un armario con varios cajones o casilleros. Teníamos el tema laboral, porque ya estaba entonces desempleada, estudiando a tiempo completo y tenía un mini trabajo; teníamos el tema familiar, eso de la nostalgia por mi país, la nostalgia por mi familia, pero estaba también el hecho de vivir en un país que aunque te ofrece todas las posibilidades, es totalmente otra cultura, aunque hay bastante civismo, bastante respeto por el prójimo y muchas cosas favorables, incluso en el tema laboral, de salud, etc. Siempre estará eso de que vas a extrañar tu país y vas a extrañar tu gente, ese ritmo de vida, de que a pesar que las personas puede que tengan problemas o el aspecto económico a veces sobrepase las circunstancias, o el país tenga algún conflicto... pues la gente de alguna manera tiene un ventil emocional, que es la alegría, el baile, sociabilizar con otros... esas cosas me hacían falta.

Les decía que todo era un área de construcción en mí. ¡Pues sí! No solamente era la diabetes, la depresión sino que también comenzaron los dolores de articulaciones y huesos, llegó el momento en que me quedé postrada en la cama y no podía levantarme, ¡realmente no podía pararme! En una ocasión tuve que llamar a emergencia para que me ayudaran a levantarme de la cama, tenía unos dolores tremendos en la zona baja de la espalda y no podía mover el cuerpo. Tuvieron prácticamente que cargarme para bajar las escaleras, me llevaron de emergencia al hospital, me hicieron un chequeo y lo que tenía era lumbago. En ese plan fueron como tres veces que tuve que llamar a los paramédicos por el problema de la inmovilidad en la cama y no poder levantarme.

Cuando uno piensa... ¡120 kilos son bastantes! Los míos oscilaban entre los 118 a 120 que fue lo máximo que alcanzó mi cuerpo. Me viene a la mente el grupo de Optifast y recuerdo claramente a los participantes y había personas mucho más obesas que yo, y me pregunto: ¿Cómo podían, Dios mío, sostener tanto peso consigo?... Para mí ya era un sufrimiento cargar con mi peso y no podía entender que otra persona pudiera cargar todavía mucho más. Fue cuando me cuestionaba y me decía... "No me digan que son felices, es algo que me cuesta creer". ¡Yo, no lo era! Aunque a mí siempre me han dicho que irradiaba alegría y veían que a pesar de ese sobrepeso yo seguía viajando, paseando, caminando y en actividades. Mi madre decía que yo era una gordita ágil.

Créanme que me encanta el lugar, la ciudad, el país en donde vivo y estoy súper agradecida de que se me abrieran las puertas y tuviera las oportunidades que tengo. Y si en algo son sostenibles mis nostalgias con el resto de mi familia en Perú, es porque aquí tengo a mi hijo a quien adoro con todo mi ser y también tengo a mi padre y mi hermana, la tercera de nosotros. Viajo, en lo posible, una vez al año a Perú, y el tiempo que estoy ahí, sean dos o tres semanas, son las más intensas y plenas. Disfruto de mi madre, de mis hermanos, sobrinos, primos, tíos y de tantos amigos. Soy muy familiar y amigable. Para mí significa recargar energías, es necesitar todo ese amor de familia y todas esas vivencias para poder sobrellevar el resto del año.

Ya decidida a bajar de peso y someterme incluso a una intervención quirúrgica vía laparoscopia, la famosa cirugía bariátrica de la manga gástrica, realizada en casos extremos de obesidad, un procedimiento que remueve de 75% a 80% del estómago para dejar un largo estómago tubular. Ideal para personas con más de 40 kilos de sobrepeso. Empecé con las indagaciones de cómo se procedía para gestionar y solicitar que el seguro médico me lo pudiera cubrir. Hice todo lo necesario, todo lo que se considera requisito, es decir, desde estar y demostrar todos mis intentos de los últimos años, por reducir el peso con gimnasia, natación, estar con un nutricionista, las terapias con las psicólogas también cuentan, así como las recomendaciones escritas de los médicos de cabecera, ortopeda y de la clínica especializada que ya había realizado conmigo todo el chequeo médico y "n" cosas. Era toda un acta con muchos documentos que reforzaban mi petición. Sin embargo, fue rechazada.

Emitían escritos con la respuesta de que tenía que seguir intentando por mi cuenta. ¡Vamos! Lo mío era ya grave. Con la medicación que tenía era imposible bajar de peso. Tenía un peso mórbido bastante elevado y agresivo, calculando el índice de masa corporal a mi me salía un equivalente de 48,1... eso es bastante, es obesidad tipo 3 mórbida. Este sobrepeso era evidente que era de mortalidad, tenía diabetes, había muchos riesgos, las extremidades también sufrían, tenía problemas de artrosis en la rodilla, incluso se implicó con las rodillas valgas o piernas en 'x', una deformidad que hace que se toquen al andar y provoca un desgaste en la articulación que origina dolor, y requiere la toma de analgésicos antiinflamatorios para su tratamiento.

Me sometieron a una operación la cual enderezó mis piernas. Esa operación me costó un año de inactividad, tiempo en que lo pasé andando con muletas y luego sólo con una. En tanto, para aprovechar el tiempo me puse a estudiar y calificarme como Profesora de Español, iba en taxi, con mis muletas y ocupaba dos sillas, una exclusivamente para mi pierna. Al año tuvieron que operarme nuevamente para sacar la placa de titanio que era la responsable de enderezar la rodilla dañada. Al poco tiempo el ortopeda me dijo que la rodilla de la otra pierna tenía que ser operada... y yo, con todo el shock, me rehusé, ya había vivido un año con muletas. Esto no era vida... Tenía que hacer algo y ¡ya! ¡Pronto! Volví por segunda vez a solicitar la operación de la manga gástrica. Me la negaron nuevamente.

¡Me harté! Decidí tomar las riendas.

CAPITULO

"CLICK" - EN RECONSTRUCCIÓN, SIN LÍMITES NI EXCUSAS

*La mayoria de la gente es tan feliz como haya decidido
serlo.*

Abraham Lincoln

Yo ya lo había intentado todo..."Pues venga, me la solvento yo" -pensé. Y a la vez me preguntaba, cuánto les costaría a ellos que me hicieran nuevamente una operación a la rodilla de la pierna derecha, que era lo que se requería según mi ortopeda.

Determiné irme a Perú a que me operaran ahí, me habían dicho que muy probablemente me saldría costando la mitad de lo que podría costar aquí en Alemania. Había investigado un poco de quiénes podrían ser los cirujanos de renombre y viendo luego personalmente en Lima, me di con la sorpresa que no contaba con mucho tiempo y tampoco con muchas alternativas económicas por falta de más información. Es así que fui a la primera que ya había visto en internet, una clínica pequeña y exclusiva para este tipo de cirugías en casos de obesidad extrema, sea Manga Gástrica, ByPass Gástrico o Balón intragástrico. Y para mí la indicada era la primera. La otra opción era una clínica grande,

111

inmensa, de lujo, era tan elegante y blanca que a su vez me resultaba fría. Ambas me cobrarían lo mismo. Tuve mis citas médicas y la primera es en la que me sentí más a gusto, se sentía más el calor humano, me gustó mucho porque tuve la oportunidad de dialogar con algunos pacientes que ya habían sido operados ahí y esperaban su turno. Todos me decían lo bien que les iba, lo maravilloso que es el Dr. cirujano... incluso recuerdo el comentario - "El doctor es buenísimo, una eminencia, sólo que es muy conciso y algo serio... ¡pero es bueno!".

Llegué con mis padres a mi cita con el médico cirujano que de paso es, sino mal recuerdo, el director de la clínica. ¿Por qué fui con mis padres? Pues alguna vez ví en la TV el caso de una conocida que había fallecido en una operación de liposucción y un médico en la entrevista recomendaba de que el paciente asista a las citas previas con algún familiar, porque muchas veces solemos olvidar algo de nuestro historial médico, incluso información valiosa y relevante que puede que sea de nuestra infancia y el paciente no la recuerde o no la sepa.

Me hizo algunas preguntas y me examinó... se le veía una persona seria, pero muy agradable. A la pregunta de por qué había llegado yo a ese peso, le dije que fue intencional... mis padres me miraron sorprendidos, ellos creían todo este tiempo que era ocasionado por la comida italiana y porque Flavio prácticamente me "hacía comer mucho"... capaz alguno de ustedes piense: "¡Joder tía, no me vas a decir que te obligaba a comer!"...Pues no precisamente de esa forma. Pero si tú o alguna otra persona ha visitado Italia, o has estado con una familia italiana o has visto alguna película italiana, puede que venga a tu mente el "mangia, mangiaaaaa" (come, ¡comeeeee!). No cesan de insistirte, se pueden sentir ofendidos si te niegas a comer o a repetir la porción.

Cuando el médico me pregunta, ¿y eso por qué? Le dije, a la vez que se me estrechaba la laringe, se me hacía un nudo en la garganta, mi corazón se oprimía, mis labios temblaban y se me salían las lágrimas... De que lo hice a propósito para que mi ex me dejara en paz y fuera él quien se divorciara de mí, ya que yo no poseía el coraje suficiente para tomar la iniciativa. Y como él decía que nunca lo haría, pensé que al verme gorda y descuidada, podría cambiar de opinión y aburrirse al verme así. A mi madre se le humedecieron los ojos, mi padre seguramente también se quedaría sorprendido... Y el doctor no se podía creer cómo alguien podía haber tomado la decisión de engordar para librarse del matrimonio.

Sentí una sintonía con este médico, sobretodo confianza que es muy importante y decidí quedarme con ellos y que me operaran. El precio evidentemente era más alto a lo que especulaba antes de salir de Alemania.

Prepararon todo, detectaron una eventual indisposición, una hernia de hiato, que nunca me habían detectado en Múnich, y yo venía siendo medicada por algunos años para reducir el reflujo. Hicieron un cultivo y finalmente la operación podía realizarse, solo que ya no serían una sino dos paralelamente, la de la hernia de hiato y la de la manga gástrica.

Es una intervención en la que estás totalmente al cuidado de los médicos y enfermeras, no te dejan sola para nada, normalmente te quedas a dormir sólo una noche ahí y luego sigues tu proceso de recuperación en casa, con todo el listado de medicamentos para el dolor, la fiebre, las náuseas, etc. Tantos eran los medicamentos, que yo pensé que ahí no cabía para nada mi Metformin y mucho menos el Citalopram que curiosamente cada vez que yo estaba de vacaciones en Perú, la olvidaba; y si la recordaba, pues la tomaba cada 4 días, o cada vez que me acordaba de ella. ¿Por qué me olvidaba del Citalopram? Porque siempre que estaba en Perú con mi familia y amigos me lo pasaba tan bien, era tan feliz de estar con ellos, que lo olvidaba, y/o no veía la necesidad de tomarlos.

Esos días mi madrecita me cuidaba y ya me habían advertido que no debía comer absolutamente nada de sólidos, solo líquidos y calditos colados. Una dieta súper estricta. Tuve que posponer mi viaje de regreso a Alemania, porque aún estaba delicada por los cortes internos que se habían realizado. Así me quedé en vez de tres semanas, cinco semanas. De pronto me estaba preocupando que eran ya cuatro semanas sin el antidepresivo, y en mi mala conciencia opté por llamar a mi médico de cabecera en Múnich e informarle. Él estaba primero que nada contento de que me hubiera finalmente operado, él sabía de mi seguimiento y lucha por obtener la aceptación del seguro médico y el tiempo y energía que eso me había tomado. Segundo, me dijo que no me preocupara, que si sentía que todo andaba bien conmigo, no había necesidad de ingerir el antidepresivo... y si en caso volviera y lo necesitara, pues me lo dosificaría nuevamente. Dicho sea de paso ¡me felicitó!

Más allá del resultado estético y emocional que se puede obtener, es la cura y/o prevención de enfermedades tales como la diabetes, hipertensión arterial, infartos, hígado graso, enfermedades cardíacas, triglicéridos altos, problemas de extremidades, depresión, reduce la expectativa de vida etc., etc. Y yo ya tenía por lo menos cuatro de las que acabo de mencionar.

Transcurrían los días e igualmente iba seguido a mis citas médicas post operatorias para los chequeos correspondientes y me encantaba oír los comentarios, testimonios de las personas ya restablecidas y en cuyos casos se veían los resultados. ¡Todo eso era muy motivador! Oí experiencias de las cosas indebidas que cometieron también. El caso de una, que por flojera no coló el jugo de papaya y eso casi le costó la vida, pues en el jugo había un trocito diminuto de la fruta... eso le provocó que la llevarán de inmediato a emergencia. Escuchaba que recién al sexto mes podrían incluir el arroz en sus comidas.

Lo que me contó una mujer me resultó muy gracioso, como es madre de tres niños y tenía que cocinar para todos y normalmente otra dieta "extra" para ella, cuando cocinaba, por ejemplo, las lentejas, ella tomaba una lentejita con sus dos dedos y succionaba el juguito de la misma, así mismo con el pescado, lo lamía... "Dios, a qué hemos llegado" y me reía con ella de sus travesuras. Al fin y al cabo, lo importante era no ingerir sólidos, al menos, el primer mes.

Seguí a la tercera semana reuniéndome con mis amigas. Me encanta encontrarlas y gozar de la compañía de ellas. Son amistades del colegio, desde la primaria, la secundaria, amigos de la universidad, de la vida. Y a mí me encantaba por lo general ir a un local de Larcomar, el restaurante "Mangos", que tiene una terraza maravillosa con todo el panorama libre y vista fabulosa de nuestro mar, nuestras playas. Las ocasiones eran de buffet, buffet de desayuno, buffet de almuerzo y buffet de cena, todo exquisitamente preparado y delicioso, con una atención formidable. ¡Éste era mi lugar favorito de encuentro!

Vi que mis amigas se sentían algo cortas en servir sus platos, mientras yo sólo había pedido me dieran un caldito de pollo (a la carta, mejor dicho "al deseo") y luego un jugo de fruta bien colado... les aclaré y casi supliqué que se sirvieran y gozarán de su comida, que a mí no me importaba ver los platos suculentos de otros, que simplemente los veía maravillosos pero que no me provocaba, así de sencillo. Sabía y sentía que ni siquiera los iba a poder pasar (tragar). Quedó clarísimo, así que nos deleitamos con nuestras charlas, nuestros alimentos y todo lo que nos rodeaba.

Con el transcurso de los días y semanas, iba bajando considerablemente de peso y dejé de tomar toda esa medicación post operatoria. Así que a partir de entonces, sólo quedaban tomar vitaminas, ya que lo que ingería en alimentos, eran porciones tan pequeñas que no alcanzaban a suministrar las vitaminas y minerales que mi cuerpo requería.

La maravillosa sorpresa, resultado de todo esto, era que yo ya no consumía ni el medicamento para la diabetes, ni los antiinflamatorios, ni los antidepresivos, ni tampoco los analgésicos. ¡¡¡Wowwww!!! Esto era más que espléndido, como un milagro.

¿Entienden lo que les quiero decir? que gracias a esta intervención laparoscópica, se remueve del 75% al 80% del estómago con el fin de dejarlo largo, pequeño y tubular. Y justamente el área que es retirada durante la operación es donde se ubican los sensores implicados en la diabetes... al menos eso es lo que entendí.

Conseguí perder unos 44 kilos en medio año, los primeros 20 kilos se dieron rápidamente en los primeros dos meses, el resto tomó un poco de más tiempo. Todo había representado en mi cuerpo, en mi mente, en mi vida un cambio absoluto y aunque lo hemos oído muchas veces con respecto a la transformación; ¡sí! Aprendí a apreciarme más, a quererme más, a considerarme más, a sentirme más viva, a verme más guapa. Y a aceptar mis errores, mis penas, y a valorar mis triunfos.

¡ESTA OPERACIÓN CAMBIÓ MI VIDA!

Fui abiertamente con el tema en mi red social. Ya les dije que soy muy amiguera y me encanta comunicar, es por lo mismo que fui transparente con mi proceso, colgué fotos de mi antes y después, y aconsejé a todo aquel que pasara por lo mismo, la gordura excesiva y la diabetes tipo 2, a informarse y tomar en consideración esta intervención quirúrgica como una solución definitiva. Pero para todo esto es muy importante que también haga "CLICK" en nuestro cerebro, que seamos conscientes de que vamos a cambiar paralelamente nuestros hábitos alimenticios y disfrutar con felicidad de esta transformación.

Intento liberar tu mente, pero yo solo puedo mostrarte la puerta; tú eres el que la debe atravesar.

Morfeo, en la película Matrix

CONCLUSIONES

El miedo, sea inducido o involuntariamente creado por la mente, es la angustia por un riesgo o daño real o imaginario.

Recuerdo que a pesar de haber tenido una infancia normal, muchas veces feliz y otras presenciando las discusiones y descontentos de mis padres, lo cual es muy normal en más de la mitad de los matrimonios... Siento que fui y que soy amada por mi familia, pero que de alguna manera era temerosa. Ya sabemos que una persona se va formando no sólo por el contexto de aprendizaje que se da en el entorno familiar y social en el que uno se desenvuelve, sino también en lo que uno arrastra desde que es un feto o incluso antes de que éste se conciba... y puede que sean características que se vienen heredando.

La inseguridad, y por lo visto la baja autoestima que poseía, se fueron redimensionando en el matrimonio, lo cual hizo muy fácil que mis sentimientos de miedo y ansiedad se diseminaran en mi mente. Asumo que fui víctima y tuve un victimario, que por sus frustraciones jugó con mi psique. No obstante, asumo igualmente que pude haber gestionado las cosas de manera diferente si hubiese tenido la fortaleza, la lucidez de emociones y una autoestima bien posicionada y anclada.

Con esto no quiero que pienses que trato de especular sobre cómo hubieran sido las cosas si hubiera procedido de tal o tal forma. No se trata de arrepentirse tampoco, pero sí de admitir y saber cómo debo enfrentar mejor, en el presente y en el futuro, las cosas.

El caminar en la vida es un proceso en el que se presentan personas y éstas nos dejan enseñanzas, somos nosotros los responsables de identificarlas, las agradables y desagradables.

Tuve en mi vida, después de volver a Alemania, la oportunidad de conocer tres casos diversos y a la vez similares en cuanto a la decisión de irse y desaparecer del país con sus hijos. Con mi experiencia pude expresarles que aquello no iba a ser el mejor proceder. Traté de calmarlas, de manifestarles que ellas tenían toda la facultad como madres y que nada ni nadie les quitaría a sus hijos. Que aquí tienen todos los derechos legales y que no deberían dejarse influenciar por las amenazas. Que se despojaran de todo miedo y actuaran con lucidez, que era la mejor opción. Mi empatía era en base a lo que yo ya había pasado, que aunque en ese momento fue una solución (aquel ESCAPE era huir por no tener la fuerza de afrontar), eso lo podemos reinvertir en nuestra psique, desde nuestras emociones y desde nuestras palabras. Que las amenazas de los maridos, en la mayoría de los casos son solo ladridos (mientras no haya maltrato físico), y que sólo nos podrían afectar en la medida en que nosotras lo permitiéramos.

En esta sociedad nos hace falta más que nunca la autoestima, el amor propio. Tenemos que anteponer nuestras necesidades a las de los demás, y eso no significa egoísmo. No hay nada que tenga más impacto en un ser humano que el nivel de su autoestima. Quien se siente, se ve y se trata mal tiene una autoestima insuficiente para los desafíos que la vida nos está enviando o a la que nosotros mismos nos estamos sometiendo. La vida no nos los consigna para quedar en frustración, sino para saber que somos capaces en la medida en que confiamos, en la medida en que nos valoramos, nos queremos y nos amamos. Tenemos que estar atentos a nuestros diálogos internos y no buscar en otros el sentido de nuestro valor.

La vida es una milonga, es un regalo en el que nosotros le damos el ritmo y marcamos el paso. Hay cosas que no nos las manda la vida, la vida quiere que seamos felices.

Puede que pensemos que nos suceden cosas que no merecemos, que la vida puede ser una porquería o de que la vida puede ser compleja; sin embargo, son los programas mentales los que definen. Es el poder interior el que responderá a los desafíos en la medida en que confiémos en nosotros y en nuestras ELECCIONES. Si elijo y siento distinto, inevitablemente todo será diferente.

Mantenernos en el presente es la mejor opción para dominar las energías del amor. Yo ya curé, ya dejé atrás esa experiencia de fuga, esa fase de vida con dolor. Solo veo necesario compartirlo y dar fuerza a otras mujeres que estén pasando por lo mismo. Que el maltrato psicológico es tan fuerte como el maltrato físico, que es una forma de agresión invisible a nuestra persona tratando de ejercer un poder sobre nosotras y que atenta contra la estabilidad emocional, culpabilizando y desvalorizando.

Hay que considerar que ante el maltrato psicológico no debemos pretender que la situación cambie o que esa persona cambie. Es difícil que el que lo emite cambie. En este caso solo resta, ¡MARCHARNOS!

Los caminos a la autoestima son varios, primeramente reconciliarnos con lo que nos hizo daño, aprender a perdonarnos, nadie es perfecto, darnos un abrazo y mimarnos, saber que somos primero y grabarnos en la mente el lema de que "Yo, soy yo", aprender a amarnos y respetarnos, centrar nuestra atención en nosotros, priorizarnos y si hay algo que no nos gusta en nosotros mismos pues lo cambiamos por convicción propia. Es esencial dejar de enfocarnos en el exterior y que empecemos desde el interior.

Cultivar nuestras inquietudes, lo que nos apasiona, fortalecer la autoestima gustándonos, salir de la rutina, disfrutar de nuestra propia presencia.

Es un poco lamentable el hecho de que vivamos en una sociedad con un nivel muy elevado de auto exigencia, de competitividad, lo que hace falta es vivir la empatía. Cuánto cambiaríamos con esto último... Seríamos más sanos, más relajados y plenos.

Te invito a hacer un listado de tus fortalezas, a que dediques tiempo a que recuerdes todo lo bueno que hay en ti, todo lo positivo y así equilibremos la balanza. Evidentemente no somos perfectos y tampoco hay necesidad de serlo, sin embargo en este proceso de recapitular nuestra existencia, necesitamos sentirnos orgullosos, abrazar nuestros logros y metas alcanzadas a lo largo de nuestras vidas; mimarnos, reconocer nuestros esfuerzos y premiarnos. Y definitivamente... fortalecernos con las afirmaciones positivas. Que no te parezca una tontería, lo cierto es que recordarte las cosas positivas diariamente nos ayuda a controlar nuestra mente. ¡Ah!, y no olvidemos sonreír al mirarnos al espejo.

¡Un abrazo!

Cuando uno perdona y libera, no sólo se quita de encima una enorme y pesada carga sino que además abre la puerta hacia el amor a sí mismo.

Louise L. Hay

REFERENCIAS DE INTERÉS

Quiero con esto aportar y acabar con el sentimiento de culpa, de intimidación, de sentirse prisionera... Salir de ahí y romper con esas cadenas emocionales por uno mismo o con ayuda especializada. Reconozco que mis psicólogos no me ayudaron tanto, puede que no estaba predispuesta, como lo hicieron los libros de autoayuda, conferencias en videos y audios de personas maravillosas:

Louise Hay, escritora y oradora estadounidense, pionera de la autoayuda y crecimiento personal, quien propone un método de auto transformación que enseña no solo a crear paz y armonía tanto interior como exterior sino a descubrir la auténtica autoestima.

El doctor Mario Alonso Puig, español, quien es un especialista en la inteligencia humana, es uno de los ponentes más demandados en conferencias para potenciar capacidades humanas y entrenar la actitud mental adecuada para afrontar con más éxitos los desafíos de la vida.

Y adhiero a Pilar Sordo, una estupenda psicóloga, columnista, conferencista y escritora chilena, cuyos escritos y puntos de vista sobre temas tales como el sexo y la familia han despertado gran interés en la comunidad latinoamericana, fundamentalmente en el público femenino. Además de ser muy divertida y de personalidad carismática.

Comparto algunos QR/códigos de barras:

Mario A.Puig - Cómo sanar heridas emocionales
https://youtu.be/TKk_FQB4hmo

Louise Hay - Supera tu miedo. Cómo superar tu miedo con las afirmaciones
https://youtu.be/WI0nnHCKCfI

Pilar Sordo - Relaciones Tóxicas
https://youtu.be/TMpZA_rmdAo

Mario Alonso Puig - El Poder de una Decisión
https://youtu.be/wWsRm91i2tk

Mario Alonso Puig - Sin miedo a tu propia vida
https://youtu.be/loOUwS4N2fU

ACERCA DE LA AUTORA

Peruana, residente en Alemania por ya 30 años. Se desarrolló en torno a varias profesiones y oficios según países, posibilidades y circunstancias. Polifacética, idealista, sensible, espontánea, vivaz y de mente abierta. Es graciosa y tiene un entusiasmo contagioso por la vida. Le gusta estar con los demás, conocer gente nueva y seguir teniendo experiencias sorprendentes. La variedad, el desafío y la libertad son ingredientes importantes, asi como la tranquilidad y la paz. Demasiada rutina la llega a agobiar. Vive sus nostalgías y encuentra que la vida es un drama apasionante y lleno de emoción.

Muy agradecida por esta **RESEÑA**

Empecé a leer tu libro y no lo dejé hasta el final, pues con tu fluida narrativa me enganchaste y me atrapaste en tus miedos, ya que "Escape" es una visión panorámica de distintos miedos a los que el ser humano está expuesto, especialmente los más vulnerables de nuestra sociedad como son las mujeres y los niños. También es un testimonio motivante que inyecta valor para todos aquellos que estén pasando por situaciones similares y visualicen su propio "Escape" al miedo que los esté acechando. Y en esta amplia visión de los miedos me trasladaste a los 90's época de mucha agitación social y emigración de nuestros pueblos sudamericanos, en la que sentimos con profundo temor la amenaza a nuestra existencia pues la economía de nuestros países colapsaba.

Tu narrativa es tan extraordinaria que revivieron en mí aquellas emociones de indignación y rebeldía contra nuestros sistemas políticos, luego el profundo miedo de sentirte lejos del calor de hogar en parajes desconocidos en la nada y sin nada, situación con el cual muchos se han identificado estando fuera.

El profundo miedo a los monstruos que creamos en nuestras frágiles mentes, el gran temor de decir no a las relaciones de pareja cuando afectan a nuestra autoestima y generan sufrimiento, el temor a enfrentarse con entereza a nuestros males de salud y otros miedos implícitos en tu fascinante lectura, pero sobretodo la gran entereza y valentía con la que los afrontaste y con la que finalmente escapas de todo ello, dando nombre propio a tu increíble libro... "Escape".

Un abrazo.

Freddy Villacrés Tapia
Autor del libro Bestseller
"Código del Mar: Jugando con las olas y el viento"